非洲富豪奇案

An African Millionaire

［加］格兰特·艾伦 —— 著

王巧俐 —— 译

上海文艺出版社
上海故事会文化传媒有限公司

编委会

总策划 夏一鸣

主　编 黄禄善

副主编 高　健

编辑成员（按姓氏拼音为序）

蔡美凤　高　健　洪圣兰　胡　捷

黄禄善　吴　艳　夏一鸣　杨怡君　朱崟滢

名家导读

/ 吴宝康

吴宝康，博士，上海海关学院外语系退休教授。英国皇家特许语言家学会中国分会专家委员会委员，上海对外经贸大学澳大利亚研究中心校外研究员，上海市翻译家协会会员，上海市外文学会会员。澳大利亚墨尔本 La Trobe 大学访问学者和澳大利亚悉尼大学访问学者。

《非洲富豪奇案》是加拿大小说家格兰特·艾伦创作的一部另类侦探小说。小说描写了一位非洲富豪反复受到同一个骗子诈骗的奇异经历。小说情节离奇，叙述生动，读来十分有趣，尤其是作者使用了第一人称视角来叙述故事，令读者也不由自主地随着"我"的描述，观察书中可疑人物，推测其是否就是那个骗子。值得注意的是，小说采取了自然主义的叙事手法，客观冷静，通过非洲富豪受骗时的本能反应，作者不仅塑造了聪明绝顶的史上第一窃贼，也在一定程度上反映了资本家阶层的真实情况，所以，直至结尾，读者难免陷入沉思，究竟谁才是真正的大骗子？这其实也是小说的社会批判意义所在。

作者格兰特·艾伦于1848年出生于加拿大安大略省，其父约瑟夫·安提塞尔·艾伦是来自爱尔兰都柏林的新教徒牧师。其母凯瑟琳·安·格兰特是第五代隆格伊男爵的女儿。格兰特·艾伦是家里第二个儿子，13岁之前一直在家里读书学习。他曾随父母迁居美国，后来又移居法国，最后到了英国。在英国，他先后进入伯明翰的爱德华国王中学和牛津大学的默顿学院学习。毕业之后，格兰特·艾伦曾在法国留学，1870年至1871年曾在布莱顿学院执教，1873年成为牙买加一所黑人院校王后学院的教授。虽然其父是位牧师，但格兰特·艾伦却成了一名不可知论者和社会主义者，一生支持进化论。

艾伦最初的著作都涉及科学题材，包括1877年出版的《生理美学》和1886年出版的《花卉族谱》。起初，艾伦颇受联想主义心理学的影响，而在后来，他的许多论述花卉和昆虫的论文都转向了达尔文的理论，表达了对植物生命激进的新观点，这种观点影响了作家H·G·威尔斯，并有助于后来的植物学研究观点的转向。

19世纪80年代早期，艾伦曾协助W·W·亨特爵士编写了《印度地名录》，之后他转向小说写作，并在1884年至1899年之间写了约30部小说。1895年，他的小说《敢做敢当的女人》发表，叙述了一位未婚生子的独立女性的故事。艾伦在小说中公开表达了自己对婚姻和家庭的激进观点，令人吃惊的观点引起广泛讨论，作品进而成为畅销书。

《非洲富豪奇案》出版于1897年，该小说独创了一种犯罪小说题材，后人跟风者甚众。故事中的非洲富豪名叫查尔斯·范德瑞夫特爵士，他并非庸碌无才之辈，他的妹夫兼私人秘书西摩·威尔布里厄姆·温特沃斯，也就是故事中的"我"，也非愚钝之人。可他们就是反复地受到同一个骗子的诈骗。该骗子被警方登记为"克莱上校"，但行骗时化名和身份形形色色，五花八门。富豪查尔斯·范德瑞夫特爵士和其私人秘书西摩十分谨慎，几次识破了克莱上校的身份和伎俩，可还是多次受骗，让其逃脱，甚至还受到骗子的奚落和愚弄。这实在是匪夷所思，而这也是该小说情节构思的魅力所在。

作为金融家和投资公司老板的查尔斯·范德瑞夫特爵士在南非投资开矿，挖掘钻石，获利丰厚。作者在小说里成功地塑造了一个资本家的形象：在金融和投资方面，查尔斯·范德瑞夫特爵士的确是老手，经验丰富，处事老到，精明异常，因而财源滚滚，但他同时非常自负，藐视一切。他首次遭遇骗子克莱上校是在里维埃拉。骗子克莱上校化装成一个能掐会算的先知，在当地一时声誉鹊起，大宾馆里的贵人名媛都在谈论他的神奇之处。自视甚高的查尔斯·范德瑞夫特爵士非常自信能够当面拆穿这个先知的伎俩把戏，出其洋相，于是便请先知当场演示。谁知精明的查尔斯·范德瑞夫特爵士非但没能找出骗子克莱上校的任何破绽，反而一头栽进了骗子精心设计的陷阱，不知不觉中被骗走一大笔钱。待查尔斯·范德瑞夫特爵士醒悟过来后顿觉脸面无光，自尊心大受打击，自然暴跳如雷，发誓一定要将这个骗子捉拿归案，以解心头之恨。查尔斯·范德瑞夫特爵士和骗子克莱上校由此较上了劲儿。但随着故事的进行，查尔斯·范德瑞夫特爵士却一而再，再而三地受骗上当，逐渐变得胆战心惊，怀疑身边所有人，唯恐再次着了骗子的道。

在此过程中,作者采取不露声色的客观笔调,使查尔斯·范德瑞夫特爵士性格中的贪婪、自私、欺诈的本性暴露无遗,而骗子克莱上校正是仔细了解分析了查尔斯·范德瑞夫特爵士身上这些恶劣本性,并乘机加以利用,才使行骗屡屡得手。在伦敦,查尔斯·范德瑞夫特爵士邂逅了来自耶拿大学的施莱尔马赫教授。该教授系骗子克莱上校假冒,他宣称能以低成本人工合成钻石。查尔斯·范德瑞夫特爵士立即明白,果真如此,他公司的利益将大打折扣,公司股价将直线下跌。为稳定公司股价,查尔斯·范德瑞夫特爵士一方面设法封锁该消息,一方面公开宣称不会减持股份,反而会适时增持股份,以保持公众的信心。但具有讽刺意味的是,查尔斯·范德瑞夫特爵士同时却又偷偷地大肆减持自己的股份。当他为自己的这些贪婪自私的欺诈行径洋洋自得,自以为棋高一着时,殊不知已为骗子克莱上校的行骗敞开了方便之门。到头来,聪明反被聪明误。

骗子克莱上校的真名和真实身份直到故事末尾才得以揭晓。该骗子擅长伪装,忽而俨然是一位睿智的先知,忽而又成了一个天真无邪的年轻副牧师。有时他以知识渊博的专业教授面貌出现,有时他以富有灵感的诗人形象示人。根据需要,他伪装成各色人等,活灵活现,一次次骗过了主人公警觉的眼睛。骗子克莱上校确实聪明大胆,想象力丰富,且善于汲取各种知识,兼之其出色的语言天赋和高超的演技,使他能轻而易举地伪装成各种身份,并以专业的口吻高谈阔论,颇具迷惑力。他每次作案前都精心策划，充分利用查尔斯·范德瑞夫特爵士人性中的种种弱点。最后竟让一向自负的查尔斯·范德瑞夫特爵士因防不胜防而恐惧不已，寝食难安，每次谈到骗子克莱上校时，他都脸色骤变，既恨又怕，克莱上校已然成为他心头无法消除的噩梦。骗子克莱上校的行骗手段之高明，由此可见一斑。

当然，西摩·威尔布里厄姆·温特沃斯也是一个值得注意的人物，整篇故事就是从西摩的视角出发，以"我"的口吻来叙述的。因而，读者也窥见到了"我"在这些事件中的心态和心理反应。在小说中，查尔斯·范德瑞夫特爵士通常称呼西摩·威尔布里厄姆·温特沃斯为"西摩"，凡事均与之商量，西摩因此熟知查尔斯·范德瑞夫特爵士的脾气和秉性。在小说中读者可以看到，西摩平时对查尔斯·范德瑞夫特爵士低眉顺眼，点头哈腰，只要是爵士吩咐的事，一切照办，对于爵士要商量的事，决不贸然提出自己的想法，只是一味地迎合他的意见。尽管两人是姻亲，西摩却十分清楚，自己是靠着查尔斯·范德瑞夫特爵士吃饭。

但是，西摩在卑谦的态度背后，并非没有自己的主见和私心。在查尔斯·范德瑞夫特爵士试图购买古城堡一案中，西摩竟然私下与骗子克莱上校假冒的莱本斯坦伯爵见面，要求给予十个点的回扣，这样他会促使查尔斯·范德瑞夫特爵士完成交易。西摩如愿拿到了回扣，但也受到骗子克莱上校的威胁。此后，每当西摩察觉骗子克莱上校的身份时，只要骗子克莱上校一提"10%"之事，西摩立刻心生恐惧，眼看查尔斯·范德瑞夫特爵士可能陷入骗局也缄口不言。由此,西摩也在某种程度上渐渐沦为骗子克莱上校行骗案的帮凶了。

故事结尾,骗子克莱上校被抓获,要送法院庭审。此时,本该摆脱烦恼的查尔斯·范德瑞夫特爵士却无半点高兴之状,反而愁容满面,坐立不安,尤其是担心即将来临的庭审。而更令人惊奇的是,在法庭上,骗子克莱上校竟不要任何律师辩护,他选择自我辩护。由此,骗子克莱上校反而理直气壮地频频对站在指控方证人席上的查尔斯·范德瑞夫特爵士发问质疑,以高超的询问技巧迫使查尔斯·范德瑞夫特爵士承认在几次受骗过程中其本人的贪婪私欲,阴谋手段。反观查尔斯·范德瑞夫特爵士,则万分紧张、狼狈不堪,仿佛他这个指控方的证人才是罪犯。在最后陈述时,骗子克莱上校道出自己的看法:查尔斯·范德瑞夫特爵士之类的资本大鳄才是道德沦丧、欺诈剥削、巧取豪夺的大骗子,他自己只是小骗子而已,然而法律保护的却是大骗子。这番言论其实是对当时社会的一种批判。

那么,骗子克莱上校何以屡屡行骗得手?查尔斯·范德瑞夫特爵士何以对出席庭审那么恐惧?两人最终又会有怎样的结局呢?书中情节描述的诸多精彩之处,在此难以备述。读者不妨仔细阅读,一探究竟吧。

Contents

墨西哥先知　1

牧师的袖口纽　22

伦勃朗真迹　46

蒂罗尔古堡　64

戴维·格兰顿阁下的游戏　85

德国教授新发现　108

克莱上校被捕记　127

塞尔登金矿　150

失踪的公文箱　172

单身汉牌局　192

贝氏法　211

最后的审判　231

墨西哥先知

我叫西摩·威尔布里厄姆·温特沃斯，是著名金融家、南非富豪查尔斯·范德瑞夫特爵士的妹夫，也是他的秘书。许多年前，查尔斯·范德瑞夫特还只是开普敦的一个小律师时，我就有幸娶到了他的妹妹。多年以后，位于金伯利附近的范德瑞夫特庄园和农场已经逐渐发展成为克卢蒂德普－戈尔康达钻石有限公司，我的大舅子给我安排了一个不无油水的秘书职务，从此以后我就一直是他的贴身随从了。

他不是随便哪个骗子就能忽悠的人，他可是查尔斯·范德瑞夫特。中等个子，块头方正，嘴巴厚实，双眼敏锐——完全就是精明成功的商界英才形象。我只知道查尔斯爵士栽过一次跟头，而那起诈骗案，正如尼斯的高级警官所说，很可能也让维多克、罗伯特·霍迪尼以及卡格里斯特罗财团遭了殃。

那个冬天我们去里维埃拉待了几个星期。那次出行，完全是为了摆脱种种繁重的金融合并业务，只想休息和娱乐，所以我们觉得没必要带上太太。事实上，范德瑞夫特太太完全沉浸在美妙的伦敦生活中，对地中海沿岸的乡野之趣不屑一顾。我和查尔斯爵士在家时埋头工作，现在从伦敦的商业中心来到清新的蒙特卡洛，这种彻底的改变让我们陶醉不已。我们在这里享受着迷人的绿意和阳台上清冽的空气。我们实在太喜欢这里的风景了，身后就是阿尔卑斯山脉，前面是蓝色的大海，更别提还有壮观的大赌场，这真是全欧洲最美的地方了。查尔斯爵士深深地喜欢上了这个地方。在经历了伦敦的金融动荡之后，他觉得这里让他疲惫的身心得以恢复，精神焕发。掩映在棕榈树与仙人掌丛中的蒙特卡洛，微风轻拂，一个下午，他就在轮盘赌上赢了好几百。要我说，这里真适合那些身心疲惫的精英人士！不过，我们实际上并没有在公国内逗留。查尔斯爵士觉得蒙特卡洛作为一个金融家的收信地址不太合适，他更愿在尼斯的盎格鲁街上找一个舒适的酒店住下来，在那里，他可以每天外出，沿着海滨去赌场，恢复身心健康，放松紧张的神经。

在这个季节里，我们惬意地窝在盎格鲁酒店里。我们在一楼有非常舒适的空间——客厅、书房和卧室，我们很快还发现了一个令人愉悦的社交圈，这些人都来自五湖四海。就在那时，整个尼斯都在谈论一个奇特的骗子，他的追随者称之为"伟大的墨西哥先知"，据说他能未卜先知，还有其他无数的超自然能力。我能干的大舅子恰有一个癖好，遇到江湖骗子，就迫不及待地要去揭发他；他是一个相当精明的生意人，揭发和探查那些发生在别人身上的欺诈行为，会让他有一种大公无私的快感。酒店里的许多女士，其中一些与墨西哥先知见面聊过，她们不断地给我们讲述他那些古怪行为。他跟一位女士透露了她逃跑丈夫的下落，跟另一位说出了第二天晚上轮盘赌的中奖数字，还给第三位女士在屏幕上展示了她暗恋多年的男子的头像。当然了，查尔斯爵士对这些传闻一个字也不信，不过他的好奇心被挑起来了，很想亲眼见识一下这位有读心术的神奇人物。

"你觉得，要跟他私下见面，他会开出什么条件？"他问皮卡尔夫人，那位先知曾成功地对她预言了中奖数字。

"他并不是为了钱。"皮卡尔夫人说，"他做事只是出于善意，我肯定他会很乐意来展示他的神奇才能，而且不要任何报酬。"

"瞎说！"查尔斯爵士说，"是个人就得吃饭，我付他五个金币，但要单独见面。他住在哪个酒店？"

"我想，是在丽都酒店。"女士回答，"哦，不，我想起来了，是在威斯敏斯特。"

查尔斯爵士不动声色地转过身来。"听着,西摩,"他压低声音说,"晚饭后马上去这个家伙那儿,给他五英镑,让他立即来我的房间,不要跟他提我是谁,不要透露我的名字。带他回来,跟他一起上楼来,这样他就不可能跟其他人通气了。我倒要看看这个家伙肚子里到底有多少货。"

我奉命去了,发现这位先知是一个非比寻常且极其有趣的人。他跟查尔斯爵士一般高,但是更瘦一些,腰板更挺。他长着鹰钩鼻,出奇锐利的眼神,又黑又大的瞳孔,一张轮廓分明的脸剃得很干净,就像我们在梅费尔客厅里的安提诺乌斯[1]雕像一样。不过,他最明显的特点却是那奇特的发型,像帕德列夫斯基[2]那样的卷发和波浪形刘海,在他高高的白皙前额和精致轮廓的衬托下,非常引人注目。我一眼就看出他为什么能如此成功地迷倒女人,因为他长了一张诗人、歌手和先知的脸。

"我来,"我说,"是想问问您,是否愿意现在就去一位朋友的房间里会面,我的委托人还希望我告诉您,他已经准备好付您五英镑作为

---

1 安提诺乌斯:罗马皇帝哈德良的情人。

2 帕德列夫斯基:波兰钢琴家,十九世纪末二十世纪初杰出的世界级钢琴大师。

酬劳。"

安东尼奥·赫雷拉先生——他这么称呼自己——对我行了一个庄重的西班牙式鞠躬礼，深褐色的脸上露出一丝轻蔑的微笑，他严肃地回答我——

"我的天赋恕不出售，我只随心授予。如果您的朋友——一位不愿透露姓名的朋友——想亲眼看见我双手创造的宇宙奇迹，我会很高兴向他展示这一切。我常常需要去说服怀疑论者，把他们弄得很狼狈。直觉告诉我，您的朋友就是一个怀疑论者，幸好，今天晚上我都没别的事。"他若有所思地用手理了理他细长的头发。"好，我去。"他接着说，好像是在对天花板上某个看不见的东西说话似的，"我去，走吧！"然后，他戴上大宽边帽，披上一件斗篷，系上红丝带，点上一支烟，跟我一起大步流星地向盎格鲁酒店走去。

一路上他很少说话，要说都只是只言片语。他似乎陷入了沉思，事实上，当我们抵达房间门口时，我已经进了门，他还往前走了一两步，好像还没注意到我把他带到了什么地方。然后他突然停下来，凝视着周围，就那么看了一会儿。"哈，是盎格鲁。"他说。我也许得顺便提一下，他的英语尽管带着点儿南方口音，却是十分流利地道的。"就是这儿，对，就是这儿！"他好像又是在对某个看不见的人说话似的。

一想到这些幼稚的把戏是用来骗查尔斯·范德瑞夫特爵士的，我就笑了。整个伦敦市都知道,这样的人是不可能让骗子得逞的。这一切,我看不过是最廉价最平庸的魔术师的虚张声势而已。

我们上楼到了房间里。查尔斯已经邀请了几个朋友来看表演。先知若有所思地走了进来。他穿着晚礼服,身上的红腰带给他增添了一抹亮色,显得别致迷人。他在客厅中央站了一会儿,没有看任何人,也没看任何东西,然后就直接走到查尔斯跟前,向他伸出黝黑的手。

"晚上好,"他说,"我心灵的眼睛告诉我,您就是主人。"

"好眼力。"查尔斯爵士答道,"麦肯齐太太,你知道,这些人都是非常聪明的,否则他们真混不下去。"

先知凝视着他,然后茫然地朝着一两个人笑了笑,仿佛上辈子就认识他们。接下来查尔斯开始问一些简单的问题来试探他,不是问关于查尔斯自己,而是关于我的问题。大多数问题先知都给出了令人震惊的正确答案。"他的名字?他的名字是以S打头的,我觉得——你叫他西摩。"他每说完一句话,就停顿很长时间,好像那些答案是慢慢地自动显现在他眼前似的。"西摩——威尔布里厄姆——斯特拉福德伯爵。不,不是斯特拉福德伯爵!是西摩·威尔布里厄姆·温特沃斯。似乎在一些人的心里温特沃斯和斯特拉福德有某种联系。我不是英国人,我不知道这里有什么典故。不过这应算是同一个名字,温特沃斯和斯特拉福德。"

他环顾周围，很明显，他期待着大家的确认。这时一位女士来给他解围了。

"温特沃斯是伟大的斯特拉福德伯爵的姓。"她温和地说，"我想知道，是否如您所说，温特沃斯先生有可能是斯特拉福德伯爵的后裔。"

"他是的。"先知脱口而出，一双黑眼睛闪着光。我觉得很奇妙，因为尽管我的父亲总是声称有这一层关系，但是我们的家谱上总感觉还缺了一环来印证，而父亲自己也不能确定。托马斯·威尔布里厄姆·温特沃斯是乔纳森·温特沃斯的父亲，后者是布里斯托尔的贩马商，我们就是他的后代。

"我是在哪里出生的？"查尔斯爵士突然插进来，把话题转到了自己身上。

先知用双手拍拍额头，又抱住前额，仿佛怕他的额头炸裂了一样。"非洲。"他缓缓地吐出一句。可以说，他的答案越来越精确，"南非，好望角，扬森维尔，德威特街，1840号。"

"天哪，他全说对了！"查尔斯爵士喃喃自语，"他好像真的知道啊。他可能已经调查过我。他也许早就知道我是从哪里来的。"

"我绝对没提示过他。"我说，"他是到了门口，才知道我带他来的是哪个酒店呢。"

先知轻轻地抚着他的下巴，我看着他眼里似乎闪过一道狡黠的光。

"请允许我告诉您放在信封里的钞票的编码吧？"他漫不经心地说。

"你到房间外面去。"查尔斯爵士说，"我先把钞票传给大家看看。"

赫雷拉先生出去了。查尔斯爵士把钞票小心翼翼地传给大家看，自始至终他都把钱握在手里，只是让大家看到上面的数字。然后，他就把钞票放入一枚信封，用胶把信封粘得严严实实的。

先知回来了。他敏锐的眼神扫视了一下大家，甩了甩乱蓬蓬的头发，接着，他拿起信封，目不转睛地盯着信封。"AF,73549,"他慢悠悠地说着，"这是一张英格兰银行发行的面值五十英镑的纸币——是昨天在蒙特卡洛的赌场兑换金牌时用的。"

"我知道他是怎么做到的了。"查尔斯爵士得意扬扬地说，"他一定是在那儿亲自兑换的钞票，然后我又把钞票兑换回来了。事实上，我记得看到过一个长头发的家伙在那儿晃悠。这不过是货币流通的把戏。"

"他能看到一个东西的内部。"一个女士插嘴进来，正是皮卡尔夫人，"他能看到盒子里的东西。"她从裙子口袋里掏出一只小小的金制香料盒，就是我们的祖母辈用的那种，"这里面有什么？"她把盒子凑到他跟前，问道。

赫雷拉先生凝视着香料盒。"里面是三枚金币。"他皱着眉头，努力要看穿盒子似的，"一枚是美国的五美元，一枚是法国的十法郎，一枚是德国的二十马克，上面有老威廉皇帝的头像。"

她把盒子打开，传给大家看。查尔斯爵士不动声色地笑了笑。

"串通好的！"他差不多是对自己喃喃自语，"串通好的！"

先知朝他转过身来，脸上露出一丝不悦。"你想要更有说服力的证据？"他用非常振奋的口气说道，"一个让你信服的证据！非常好——在你的左边背心口袋里有一封信——一封揉得皱巴巴的信。你想要我把信的内容大声念出来吗？如果你乐意，我会念出来的。"

对于那些认识查尔斯爵士的人来说这太不可思议了，我必须说，我的大舅子脸红了。那封信的内容我不知道，只见他很不耐烦，躲躲闪闪地答道："不了，谢谢。不麻烦您了。您这方面的才华，已经向我们展示得够多了。"他的手紧张地摸着背心口袋，好像有点怕赫雷拉会真的把信读出来一样。

我也觉得好奇，只见他有些紧张地看了看皮卡尔夫人。

先知彬彬有礼地鞠了一躬。"先生，您的意志就是法律。"他说，"我有一个原则，虽然我能洞察一切，但我始终要对秘密和神圣不可侵犯的事情给予尊重。如果不这样，我会让整个世界变得四分五裂的。因为，我们当中，有谁受得了得知全部的真相？"他环视了一下房间，随之而来的是一种让人不悦的紧张感。我们大多数人都觉得这个不可思议的西班牙裔美国人知道得太多了，而我们当中一些人可是从事金融业的。

"比如，"先知继续轻描淡写地说，"几个星期前，我跟一个公司的发起人，非常聪明的一个人，一起乘火车从巴黎来到这里。他的包里有一些文件———一些机密文档。"他瞥了一眼查尔斯爵士，"你知道这类东西，亲爱的先生，这是矿业工程师的专家报告。你可能见过一些这样的文件，打了绝密标志的。"

"这些东西会在巨额融资中用到。"查尔斯爵士冷冰冰地承认。

"对极了。"先知低声说，一时间，他的西班牙口音没有之前那么明显了，"而且这些文件被标注绝密，我当然会抱有尊重的态度了。这就是我想说的。我被赋予这样的权力，但我不会用它来烦扰到我的同胞，这就是我的义务。"

"你的感觉为你带来荣誉。"查尔斯爵士有几分尖酸地回答，然后在我耳边低声说，"这个可恶又狡猾的无赖，西摩，我真希望我们没把他带到这里来。"

赫雷拉先生似乎本能地察觉到了查尔斯的这个想法，他改用一种更加轻松愉快的语气说："现在，我会向你们展示超自然力的另一种更有趣的表现形式，我们需要背景灯光柔和一些。您介意吗？先生，我需要把灯稍微调暗一点点，因为我要努力克制住，让自己不要从在场人的头脑中读取您的名字……好了！这样可以了。喏，这边，还有这边。好极了！可以了。"他从一个小袋子倒出一些粉状物，盛在一个小碟子里。"接下来，可否递给我一根火柴。谢谢！"火柴点燃了那些粉末，发出奇怪的绿光。他从口袋里掏出一张卡片，又出示了一只小小的墨水瓶。"你有笔吗？"他问。

我立刻掏出一支笔来，他把笔递给查尔斯爵士。"劳驾，"他说，"请在这儿签上您的名字。"他指着卡片中间说。这张卡片周围有凸起的边缘，中间那一个小方块颜色不一样。

查尔斯爵士不愿意不知原委就签上自己的名字。"你想用我的签名做什么？"他问。（一个百万富翁的签名自然有许多的用途。）

"我要你把卡片放进一个信封，"先知回答，"然后烧了它。接下来，我就会给你展示，在我的手臂上鲜红的签名，而且是你的笔迹。"

查尔斯爵士拿起了笔。如果名字写完就会被烧掉，他是不会介意的。他以一贯干净利落的风格签好了名——这是一个知道自己身价、不惮开出五千英镑支票的人的手写签名。

"好好看看。"先知站在房间的另一边说，他没有看他怎么写的。

查尔斯先生目不转睛地看着自己的签名。先知真的营造出一种气势来了。

"好了，把卡片放进信封。"先知大喊。

查尔斯爵士像只羊羔一样，乖乖地照办了。

先知大步走上前来。"把信封给我。"他说。他手里拿着信封，走到壁炉边，郑重其事地烧掉了它。"看，烧成灰了。"他大声说。然后，他回到房间中央，靠近绿灯，卷起袖子，在查尔斯爵士面前抬起胳膊。天哪，我大舅子念出那个名字来，"查尔斯·范德瑞夫特。"只见那血红的字母，还是他自己的笔迹！

"我明白那是怎么回事了。"查尔斯爵士往后退了退低声说道，"这是一个聪明的错觉，但我还是看穿了它。就像那个鬼书一样。你的墨水是深绿色的，灯光也是绿色的，你让我盯着看了卡片很久，然后我看到了写在你的手臂上的我的名字，这不过是互补色错觉。"

"你这么认为吗？"先知回答，嘴角露出一丝奇异微笑。

"我敢肯定。"查尔斯爵士答道。

先知闪电般地再次卷起袖子。"那是你的名字，"他非常清晰地大声说道，"但不是你的全名。那么，看看我右边胳膊，你会怎么说？也是互补色错觉吗？"他伸出另一只胳膊，只见胳膊上用海绿色的字母拼出一个名字——"查尔斯·奥沙利文·范德瑞夫特"，这是我大舅子的洗礼名，但他很多年都没用"奥沙利文"了，说实话，他不喜欢这个名字，他母亲的家族让他觉得有点丢脸。

查尔斯匆匆地瞥了一眼。"完全正确，"他说，"完全正确！"但他的声音里却没有一丝兴奋。我觉得他不愿意继续这场会面了。查尔斯当然能看穿先知，但很显然，那个家伙对我们了解得太多了，让人很不痛快。

"把灯打开。"我刚说完,一个仆人把灯打开了。"我该叫咖啡和甜酒吗?"我对范德瑞夫特小声说。

"随便什么都可以。"他说,"只要让这个家伙别再胡扯了!对了,建议先生们一起抽抽烟吧,有些女士指不定也很乐意呢。"

大家都松了一口气。灯光很亮,可以说,先知这会儿终于消停了。他欣然接受了一支帕塔加斯烟,呷着咖啡站在一个角落里,跟那个彬彬有礼地提及"斯特拉福德"的女士聊着天。他真是个风度翩翩的绅士。

第二天早晨,在酒店大厅里,我又见到了皮卡尔夫人,她穿着一身非常考究别致的旅行装,显然是要出发去火车站。

"怎么,皮卡尔夫人,您要走了?"我大声说。

她笑了笑,伸出她那戴着手套、精致的手。"是啊,我要走了。"她顽皮地答道,"要么去佛罗伦萨,要么去罗马,或者别的什么地方。我已经把尼斯榨干了——它像一个被吸干了水分的橘子。我已经从中得到了所有的乐趣,现在又要去我心爱的意大利啦。"

听完这话,我觉得很奇怪,如果她计划去意大利的话,为何她正要搭的旅馆汽车是送她去坐开往巴黎的豪华列车。无论如何,结果是一个饱经世故的男人相信了一位女士的话,不管她的话是多么的不靠谱。我承认,有十来天,我都没有去琢磨一下她和那个先知。

最后,我们每两周发一次的顾客赊欠账簿从伦敦那边的银行发过来了。作为富翁的秘书，我的一部分工作就是每两周核算一次账目，把已经付讫的支票和查尔斯爵士手上的存根做一下对比。而这一次，我发现居然有一个相当大的出入——这么说吧，足足差了五千英镑，实在是太糟糕了。除了全部存根上显示的金额，查尔斯爵士还被额外支取了五千英镑。

我仔细检查了存单。很明显是哪儿出了错，问题出在一张五千英镑的不记名支票上，上面还有查尔斯爵士的签名，钱是在伦敦的柜台上提取的，因为支票上没有邮戳，也没有任何其他办事处的标志。

我把大舅子从客厅叫到书房来。"瞧，查尔斯，"我说，"这里有一张你没有登记的支票。"我没有多说，把支票递给他，因为我觉得这笔钱有可能是他用来处理赛马或者赌牌上的一些小损失，或者是为了弥补一些不愿提及的事。这些情况都有可能发生。

他看了看，眼睛瞪得大大的，然后他张大嘴，长长地吐出一个"天哪！"最后他把支票翻过来，说："我说，西摩，兄弟，我们被彻头彻尾地耍了，不是吗？"

我瞥了一眼支票。"你是什么意思？"我问。

"哎，先知。"他说着，依然沮丧地盯着支票。"损失这五千英镑我无所谓……但一想到这家伙把咱俩都给耍了，简直就是……奇耻大辱，可以这么说！"

"你怎么知道是先知?"我问。

"看看这绿墨水。"他答道,"此外,我还记得最后一个花体字的样子,我高兴的时候就会把字写成有点花体字的样子,而平时签名一般不这么做。"

"他把我们给耍了,"我认出了签名,说道,"但是他是怎么把签名挪到支票上的呢?看上去这就是你本人的签名呀,查尔斯,这可不是精心伪造的。"

"是的。"他说。"我承认这一点,绝不否认。但我纳闷的是,我那么提防他,他是怎么骗过我的。他那些愚蠢的超自然的把戏和瞎话是骗不了我的,但我绝对没想到他正是用这种方式把我给骗了。我原以为他会搞什么借贷啊敲诈啊之类的,但是他竟然把我的签名挪到了一张空白支票上——太混了!"

"他是怎么办到的?"我问。

"我一点儿头绪都没有,只知道这些字是我亲笔写的,我可以对天发誓。"

"那你就不能拒付这张支票吗?"

"很不幸,不能,因为这是我的真实签名。"

下午,我们及时去警察局见了高级警官。他是一个很绅士的法国人,穿戴得很休闲,也不打官腔,还说着一口流利的英语,带着点儿美国口音。事实上,他早年在纽约就做了十来年的侦探。

"我觉得,"他听了我们的故事,慢条斯理地说,"先生们,你们被克莱上校给骗了。"

"谁是克莱上校?"查尔斯爵士问。

"我也正想知道这个呢。"高级警官用他那怪怪的夹杂着美国和法国口音的英语说道,"他是一个上校,这是他自封的军衔,他被称为克莱[1]上校,因为他似乎拥有一张橡皮脸,可以随意塑形,就好像陶艺人手中的黏土一样。真名,不详。国籍,既是法国,也是英国。地址,通常是欧洲。职业,格雷万蜡像馆前蜡像制作人。年龄,随他所选。他用其所学,用蜡来给自己的鼻子和脸颊塑形,装扮出他想要扮演的角色。这次,照你们说,是鹰钩鼻。嘿!看看这些照片有没有相似的地方?"

他从桌子里翻出两张照片递给我们。

"一点儿都不像。"查尔斯爵士回答说,"不过,脖子这块儿似乎有点像,其他地方都不像他。"

"那就是上校!"警官果断地回答,他兴奋地搓着双手,"瞧这儿。"然后,他拿出一支铅笔,迅速地勾勒出其中一张脸的轮廓来——那是

---

[1] 克莱:在英语中有"黏土"的意思。

一个看上去样貌年轻、平淡无奇的脸,而且面无表情。"这是上校简单修饰的样子。好,现在注意看:你们看到的那个人要出现了,他在鼻子上补了一小片蜡——鹰钩鼻的鼻梁就出来了;好了,这就是他了;哦,还有下巴,抹一点;头发,戴上假发;肤色,就更容易做了,这就是骗了你们的那个流氓,对吧?"

"完全一样。"我们俩都嘟哝了一句。用铅笔画两根曲线,再加上一顶假发,面孔就完全不一样了。

"不过,他有一双非常大的眼睛,瞳孔很大。"我凑近一看反驳道,"照片上的这个人只有一双小小的死鱼眼。"

"是这样的。"警官回答,"一滴颠茄制剂就能让瞳孔放大,先知就是这么打造出来的;五粒鸦片就能做出一副郁郁寡欢、人畜无害的样子。好了,先生们,把这事交给我吧。我等着看好戏呢。不是说我会逮住他,因为至今还没有人抓到过克莱上校,但我会解释清楚他是如何耍花招的,这对损失了区区五千英镑的你们来说,也算足够安慰了吧。"

"您真的不是一般的法国公务员,警官先生。"我大胆地插了一句。

"你说对了!"这名高级警官回答道,像个步兵队长一样挺直了身子,"先生们,"他义愤填膺地用法语继续说,"我会调动所有资源追踪罪犯,可能的话,实行有罪逮捕。"

当然,我们立刻给伦敦发了电报,给银行写信详细描述了嫌疑人的相貌。不过，我几乎无须多言，因为这一切都是无用功。

三天后，警官到我们酒店来了。"嘿，先生们，"他说，"我要告诉你们我已经把整个案子摸清楚了！"

"什么？逮到先知了？"查尔斯大声说。

警官身子往后一缩，好像被这话给吓到了似的。

"逮捕克莱上校？"他大叫起来，"天哪，先生，我们只是凡人啊！要捉住他？不，还差得远呢。不过我发现了他是怎么得逞的了。对于揭发克莱上校来说，这已经算是重大进展了，先生们！"

"好吧，你怎么看这事儿的？"查尔斯泄气地问。

警官坐了下来，他对自己的发现沾沾自喜。很明显，这起精心策划的犯罪让他觉得太逗乐。"首先，先生，"他说，"放下这个念头——您认为那晚你的秘书先生去接安东尼奥·赫雷拉的时候，他还不知道自己要去哪里。事实正好相反。我非常确定，安东尼奥·赫雷拉，或者克莱上校（随你怎么称呼），他今年冬天来尼斯的目的不是为别的，就是专门来打劫你的。"

"可那是我派人去找他的呀。"我的大舅子说。

"是的，可那是他勾引你派人去的。可以说，是他逼你出牌的。要是他这点小事都办不到，那我觉得他作为一个魔术师也太蹩脚了。这么说吧，他有一位女士做内线——他的太太，或者姐妹——驻扎在酒店里,就是那位皮卡尔夫人。通过她,他哄骗了你们圈子里的几位女士去见他。她和那些人都对你提起先知,这样就引起了你的好奇心。完全可以打包票,他其实以前就去过你们的房间,而且已经充分掌握了你们的背景信息。"

"我们好傻啊,西摩。"我的大舅子大叫起来,"我现在全明白了。那天吃饭前,那个狡猾的女人被派来打探消息,说我想见他;而你去他那里的时候,他早就准备好了忽悠我。"

"正是这样。"警官回答,"他早就把你的名字涂在了他两只手臂上;而且他还做了其他更重要的准备工作。"

"你是指那张支票吧。嗯,他是怎么做到的呢?"

警官打开门,说道:"请进。"一个小伙子走了进来,我们马上就认出了他,他就是里维埃拉一带的大银行——马赛银行的外事部主任办事员。

"说说你对这张支票都知道些什么。"警官说着,把支票递给小伙子。我们早前已经把支票作为证据提交给了警方。

"大约四周前……"事务员开口道。

"说说你们见面前的十天。"警官插进来一句。

"那天,有一位先生,头发很长,鹰钩鼻,皮肤很黑,很英俊,他到我的部门来,问能否告诉他查尔斯·范德瑞夫特爵士在伦敦开户的银行名。他说他有一笔钱要打给你，问我们能否为他转寄。我告诉他我们不能接受这笔钱，因为你没有在我们这里开户，是在伦敦达比银行开户的。"

"的确是。"查尔斯喃喃道。

"两天后，来了一位女士，就是皮卡尔夫人，她是我们的客户，带来一张签了名的三百英镑的支票，问我们能否代她交付给达比银行，并且帮她用这些钱在那里开个户。我们照做了，然后收到了一本支票簿。"

"这张支票就是从这里撕下来的，从票号上看得出来，还有伦敦的电报，"警官插了一句，"而且，就在你的支票兑现的同一天，皮卡尔夫人在伦敦取出了她的存款余额。"

"但那家伙是怎么让我签支票的呢？"查尔斯爵士大叫道，"他是怎么玩那套纸牌把戏的？"

警官从口袋里掏出了一张一模一样的卡片，问："是不是这种卡片？"

"正是！一模一样。"

"我觉得就是。喏，我发现，我们的上校在码头的商店里买了一包这样的卡片。他把卡片中间抠掉，瞧，就是这儿——"警官把卡片翻过来，卡片背面整齐地贴了一张纸；他把那张纸撕下来，把一张折叠好的支票藏在那张纸后，只把签名的位置露出来给我们看。"我说这一招真是太狡猾了，"警官说，这个巧妙的骗局让他真是佩服。

"但他当着我的面把信封烧掉了呀。"查尔斯喊道。

"嗨！"警官说，"要是他都做不到趁你不注意时调包，他还算什么魔术师啊？而且，你得记住，克莱上校可是魔术师中的佼佼者。"

"好吧，至少我们确定了克莱上校的身份，还有跟他在一起的女人，这让人很欣慰。"查尔斯稍微宽慰地叹了口气，"当然，接下来你要根据这些线索，在英国追踪他们，逮捕他们是不是？"

警官耸了耸肩，说道："逮捕他们！"他被逗乐了，大声说，"哎，先生，你们真乐观啊！司法部门从来就没有成功地抓住过他，我们用法语称他为'橡胶上校'。那个家伙真是精得像狐狸一样。他从我们手里溜走了。我问你，假设我们捉住了他，我们能证明那就是他吗？见过他的人再见到他时，他已经伪装成另一副样子了，根本就不能认出他。好个上校，他真是太精了！我向你保证，先生，我抓住他的那天，我就是欧洲最聪明的警官！"

"好吧，不过，我会抓住他的。"查尔斯爵士答道，然后又陷入了沉默。

牧师的袖口纽

"我们去瑞士旅行吧。"范德瑞夫特夫人说。于是,我们就真的去了瑞士旅行,认识阿梅莉亚的人知道了都不会感到惊讶。谁都不能逼查尔斯爵士,除了他太太,而没有人能逼阿梅莉亚。

这事儿一开始就有很多麻烦,因为我们没有事先订好酒店,而且现在是旺季;不过,稍稍给别人点好处,所有问题都迎刃而解了,于是,我们很及时地在卢塞恩找到了住处,而且是欧洲最舒适的酒店——施瓦茨霍夫酒店。

我们一行四人——查尔斯爵士和阿梅莉亚,我和伊莎贝尔。我们有宽敞舒适的房间,在一楼可俯瞰湖面;而且,我们当中并没有谁头脑发热得想去攀登恼人而陡峭的雪山，我得说我们真的玩得很开心。大部分时间我们都坐着小小的汽船在湖面悠游，就算要爬山的时候，也是爬瑞吉山或皮拉图斯山，那里都有缆车，免去了我们的身体劳累之苦。

跟往常一样，在酒店里，形形色色的人对我们都表现出了特别的好意。如果你想看到人性的友善与可爱，可以试试扮演一周的知名富翁，你就知晓一二了。无论查尔斯爵士走到哪里，他都被一些有趣的、无私的人所包围，他们都急着跟这位名人结交，他们要么非常熟悉一些优良的投资，要么认识基督教慈善机构的扶助对象。作为他的妹夫和秘书，我的任务就是婉拒这些高明的投资，并适时给慈善事业泼一盆凉水。

就连我自己，作为大人物的随从，都非常抢手。人们在我面前时不时地讲一些天真的故事，诸如"在坎伯兰的可怜牧师，你知道的，温特沃斯先生。"或者康沃尔的寡妇、身无分文的诗人，书桌上放着他们的伟大史诗，还有年轻的画家，他们需要赞助者的一点帮助来推开慕名已久的学院大门。我面带微笑，看上去富有智慧，同时只需要稍稍地给他们泼点儿冷水，不过我从来没有向查尔斯爵士报告过这些事儿，除非真有什么稀奇事儿，我觉得里面大有文章，才会跟他汇报。

自从我们在尼斯遇到先知，跟他过了一次招，原本就谨慎的查尔斯爵士，变得比以前更加小心了，提防着任何可能是骗子的人。在施瓦茨霍夫酒店里，阿梅莉亚一时兴起，要在酒店餐桌上用餐，她说实在受不了整天关在房间里，"一家人太亲了"。凑巧的是，坐在我们餐桌对面的是一个牧师模样的人，乌黑的头发和眼睛，他那副浓密的挑眉特别惹眼。坐在旁边的是一个和善的小牧师，他的话让我一下子就对那人的眉毛起了疑心。小牧师说，那人的眉毛又粗又硬，几乎可以追溯到达尔文，这是人类的猴子祖先遗留的。这个开朗的小伙子带着点稚气，正跟他甜美的小妻子度蜜月，他的妻子也是一个活泼的苏格兰姑娘，说话带着可爱的口音。

我仔细地端详着那副眉毛。突然一个念头冒了出来，"你觉得他的眉毛是他自己的吗？"我问牧师，"会不会，是他的伪装？他的眉毛看上去真的很像假的。"

"你不会觉得……"查尔斯一开口就突然打住了。

"是的，我就这么认为，"我回答，"是先知！"然后我想起了自己先前捅的娄子，不好意思地低下了头。因为，说实话，范德瑞夫特早就警告过我，不要对阿梅莉亚说起我们在尼斯跌的恼人的小跟头；他就怕一旦让她知道了，就会一直听她念叨这事儿。

"什么先知？"小牧师带着牧师特有的好奇心问道。

我注意到那个长着挑眉的男人莫名其妙地打了一个颤。查尔斯目不转睛地盯着我。我不知道怎么回答了。

"哦,那是我们去年在尼斯遇到的一个人,"我努力做出漫不经心的样子,有点语无伦次地说,"一个人们常常谈起的家伙,就这样。"然后我转移了话题。

可是这牧师就像一头顽固的驴子一样缠着我。

"他的眉毛长成那样的吗?"他低声问道。我真的很生气,如果那人就是克莱上校,牧师明显就是在给他打暗号,我们抓住他就更困难了,现在,也许我们只能看机会了。

"不,他没有。"我急躁地说,"只是一时提起而已,不过这人不是他。显然,我弄错了。"我轻轻推了一下他。

这个小牧师实在是太天真了。"哦,我明白了。"他说着,用力点了点头,摆出一副聪明的样子。然后,他转向妻子,做了一个明显不赞同的表情,那长挑眉的男人不可能没看到这一幕。

幸运的是,离我们几个座位远的那些人正在谈论政治,我们这边的人也加了进去,一时间大家都转移了注意力。格拉德斯通这个神奇名字给我们解了围。查尔斯爵士非常激动,老实说,我很高兴,因为我看出阿梅莉亚对这些奇谈怪事意兴正浓。

不过,晚饭后,在台球室,那浓眉男人溜到了我身边来跟我搭讪。若他就是克莱上校的话,很明显,他对从我们这儿敲诈了五千英镑这件事毫无愧疚之心。不仅如此，他似乎还打定主意一有机会就再从我们身上骗走五千。因为，这次他一来就自称是赫克托·麦克弗森博士，享有巴西政府特许的亚马孙河上游广袤地带的独家经营权。他一来就跟我谈起他巴西地产的丰富矿藏——银、铂金、红宝石以及可能的钻石。我微笑着听他夸夸其谈，知道接下来他要说什么。他要开发这块肥沃的租借地，所需要的只是再多一点点资本。看到价值几千英镑的铂金和一车车的红宝石因为没有足够的人手来开采而被埋没在地下，或随着河水流失，着实让人心痛。这项工程需要几百号人。现在，如果他知道谁有钱可以投资，他可以推荐这个人——不，是送给他——一个独一无二的赚钱机会，这么说吧，给那人百分之四十的股权，而且绝无任何风险。

"我不会见人就给机会的，"赫克托·麦克弗森博士挺直了身子说，"但如果我看中了一个有现款的家伙，我也许就会让他以史无前例的速度捞到钱。"

"您真是太无私了。"我目不转睛地盯着他的眉毛冷冷地说。

与此同时，小牧师正在与查尔斯爵士打台球。他也顺着我的目光看过去，停在了那猴毛一般的眉毛上。

"假的，显然是假的。"他用唇语说。我必须承认，我从来没见过任何人靠做动作就能说得这么好，你可以捕捉到每一个字，但听不到任何声音。

那天晚上,赫克托·麦克弗森博士简直就像块芥子膏一样粘着我,我都快发火了,打心眼儿里烦透了亚马孙流域上游,我费劲地浏览着红宝石(我指的是招股说明书),到最后甚至一看红宝石就想吐。那天也真是凑巧,查尔斯难得慷慨一回,送给妹妹伊莎贝尔(我有幸娶到的妻子)一条红宝石项链(次品),我让伊莎贝尔把它换成蓝宝石和紫水晶,我明智地认为它们更适合她的肤色。到上床睡觉的时候,我巴不得把整个亚马孙上游地带都沉到大海里,而对那个戴假眉毛,让我一让再让的男人,我恨不得对他刺杀、枪击、投毒,或用其他更残酷的手段伤害他。

在接下来的三天里,他每隔一段时间就向我发起攻势,他的白金和红宝石快把我给烦死了。他不想找个资本家来操作这些,而是宁愿自己出马,把他空头公司的资本优先债券和租借地的留置权给资本家。我一边听他讲,一边微笑、打呵欠,表现得很无礼,最后干脆不听了,但他还在喋喋不休。一整天我都在船上恹恹欲睡,清醒的十来分钟都在听他唠叨:"每吨铂金的价格还没定呢……"我都忘了有多少英镑,多少盎司了。这些分析的细节让我毫无兴趣,就像不信鬼的人一样,因为见得太多了。

不过,稚气的小牧师和他的妻子,是完全不是同一类人。牧师是一个打板球的牛津人，他的妻子则是一个活泼的苏格兰姑娘，带着苏格兰高地的健康气息。我叫她"白杜鹃"。夫妇俩姓布拉巴宗。富豪们常常被各色妖艳女子包围，一旦遇到一对单纯随和的年轻夫妇，自然非常享受这种简单的人际关系。我们跟这对蜜月夫妻一起，度过了很多野餐和户外旅行的时光。他们的爱情是那么年轻，对彼此是那么坦率，对虚伪是那么鄙夷，我们都很喜欢这对夫妻。但每当我叫那位漂亮姑娘"白杜鹃"时，她都显得很震惊，大声喊着："哦，温特沃斯先生！"不过我们还是最好的朋友。一天，在湖上，牧师主动提议为我们划船，而苏格兰姑娘向我们保证她使桨的技术跟他一样好，不过，我们没有接受他们的提议，因为划桨船会让阿梅莉亚胃里犯恶心。

"布拉巴宗那个小伙子真不错。"有一天，查尔斯爵士和我在码头散步时对我说，"他从不谈论受俸牧师推荐权和进一步的举荐，给我的感觉他好像一点儿都不关心升职。他说他对现在的乡村副牧师的职位很满意，已经足够生活了，不求更多；他的妻子还有一点点小钱。我打听了一下他拮据的现状，目的是想试探一下他，因为很多牧师总是想方设法从穷人身上榨一点油水出来，在我这个位置上的人都很清楚，我们身边总是有那样一群人。可是你相信吗，他居然说他的教区一点儿也不穷！他们都是经济宽裕的农民和身强体壮的劳动者，他只有一个担心，就是怕有人来救济他们。'要是一个慈善家今天送我五十英镑拿到恩平汉去花,'他说,'查尔斯爵士,我向你坦白,我真不知道该怎么花这些钱。我想我应该给杰茜买几件新衣服,她跟村里其他人一样想要新衣裳——也就是这些了。'西摩,兄弟,这个牧师就是你想要的,真希望我们在塞尔登也有这样的牧师。"

"他显然没有打算从你那里捞取任何东西。"我回答。

那天晚上吃饭时发生了一件有意思的事。假眉毛男人又以他惯常的做派隔着餐桌跟我说开了,全是那一套乏味的亚马孙上游租借地的说辞。我尽可能彬彬有礼地回击他,忽然我瞥到了阿梅莉亚。她的样子把我逗乐了。她正给坐在旁边的查尔斯打暗号,示意他去看小牧师的奇特的袖口纽。我飞快地瞥了一眼,马上就认出来,这袖口纽是一个这么不起眼的人的唯一值钱物。每一个袖口纽都是一个短短的金条,一条细细的金链拴住一颗——根据我还算可靠的经验——上等的钻石。而且钻石很大,惹眼的形状,切割得非常漂亮。我马上就知道了阿梅莉亚的意思。她也有一条钻石项链,据说是原产印度,但是要戴到她稍嫌丰满的脖子上,还短了一些,还缺两颗钻石。她一直惦记着弄两颗像这样的钻石配完整她的项链,但是因为她的宝石的独特形状和老式的切割方式,她一直就没找到合适的来凑齐全,除非要从一颗大得多的一等宝石上切下一大块来。

同时,苏格兰姑娘也注意到了阿梅莉亚的目光,她好脾气地笑了起来。"迪克,亲爱的,你被别人看上啦!"她欢快地转过头来对着丈夫大叫起来,"范德瑞夫特夫人正在看你的钻石袖口纽呢。"

"真是上等的宝石。"阿梅莉亚莽撞地说。要是她打算要买的话,这样直白地说话真的一点儿不聪明。

不过这位随和的小牧师真的是很单纯的一个人,他并没有利用她的莽撞。"是很好的石头。"他回答说,"就石头而言,是非常好的。不过说实话,这根本不是钻石。这是上乘的老式东方人造宝石,我的曾祖父在塞林伽巴丹被围攻后,花了几个卢比从一个印度兵手上买下来的,这东西是那当兵的从提普苏丹宫殿里打劫来的。他跟你一样,也以为到手了一个好东西,可是最后行家一看,才知道,这些东西不过是人造宝石——品质上好的人造宝石,很有可能苏丹本人也被忽悠了,真的是非常好的仿品。其实它的价值呢,这么说吧,最多值五十先令。"

他说话的时候,查尔斯与阿梅莉亚彼此对视,眼神里大有深意。阿梅莉亚的项链也是来自提普苏丹的收藏呢。两人一下子想到一块儿去了,这两颗钻石跟她的就是来自一个地方的,很有可能就是印度王宫被攻占时,混乱中项链被扯断,钻石脱落了。

"你能把它取下来吗?"查尔斯客气地说,语调里流露出一种想做交易的意思。

"当然,"小牧师微笑着说,"我已经习惯这样了。这两颗钻石太打眼了，战后这两颗宝石就一直留在我家里了，作为不值钱的战利品，你知道，做个纪念而已。每个人看到宝石，都跟你一样，要问一问，亲自鉴定一下。一开始，连行家都没看出来是假的，但的确是人造宝石，彻彻底底的东方人造宝石，不是别的。"

他把宝石取下来递给查尔斯。在英国，没有一个人比我的大舅子更会鉴定宝石。我仔细端详着他。他认真地审视着宝石，一开始裸眼检查，然后掏出随身携带的袖珍放大镜来看。"真的是完美的仿品。"他嘀咕着，把宝石递给阿梅莉亚，"难怪没经验的人会上当。"

但是从他的语调中，我马上就明白了，这些宝石让他心满意足，是实实在在的真货。我很清楚查尔斯做生意的路数。他朝阿梅莉亚投去的那一瞥就意味深长，是在说："这就是你一直在找的宝石。"

苏格兰姑娘欢快地笑了。"他真要把这些石头看穿了，迪克。"她大声说，"我肯定查尔斯爵士是宝石鉴定专家。"

阿梅莉亚把宝石递回去。我也知道阿梅莉亚的做派，从她端详宝石的样子，我就知道，她对这些石头是势在必得。要是阿梅莉亚想得到什么东西，挡她路的人最后只会乖乖让开，不会自找麻烦。

这两颗钻石非常美。事后我们发现这小牧师的话完全没错：这些石头跟阿梅莉亚的钻石项链都来自同一条项链，原本属于提普苏丹最心爱的妻子，一位极富魅力的女子，跟我们亲爱的嫂嫂一样。这么完美的宝石相当稀罕，它们引起了小偷和收藏家的极大兴趣。阿梅莉亚后来告诉我，传说中，王宫遭洗劫的时候一个印度士兵偷走了项链，接着又跟另一个士兵发生冲突，两个人都来争项链，扭打的时候有两颗钻石就扯掉了，被另外的人捡起来卖了出去，而这个第三者并不知道东西的价值。阿梅莉亚好几年来都一直在寻找它们，补齐她的项链。

"这是极好的人造宝石。"查尔斯爵士把宝石还给他们，说，"一流的鉴定师才看得出来，范德瑞夫特夫人有一条长得一模一样的项链，不过是真的钻石，而这两颗石头跟她的太像了，完全可以配上去，这样，我给你十英镑买下这两颗石头。"

布拉巴宗太太显得很高兴。"噢，卖给他吧，迪克。"她喊道，"用这些钱给我买一枚胸针！你就留一对普通的袖口纽也可以啊。两颗石头就卖十英镑啊！这钱真不算少啦。"

她用那漂亮的苏格兰口音说得那么甜，我无法想象迪克是怎么狠心拒绝她的，但他仍然拒绝了。

"不，杰茜，亲爱的，"他回答说，"我知道，它不值钱，但我对它们有感情，我经常跟你说起这一点，我亲爱的母亲活着时，把它做成耳环戴着，她一去世，我就把它做成袖口纽戴着，这样我就可以永远将它留在身边。此外，这两颗石头还承载着历史和家族情感。一个不值钱的传家宝，毕竟也是传家宝。"

坐在对面的赫克托·麦克弗森博士插嘴说:"我有一部分租地,我们完全有理由相信,在那里很快就会诞生一个全新的金伯利珠宝公司。查尔斯爵士,要是你乐意什么时候看看我的钻石——等我开采出来后——我会以最大的热忱把它呈献给您。"

查尔斯爵士再也受不了了。"先生,"他盯着博士,用最严厉的口气说道,"就算您的租地跟水手辛巴达[1]的山谷一样,全是钻石,我也不想扭头去看一眼的。这些伎俩我见得多了。"他瞪着那个挑眉男人,好像要把他一口生吞了似的。可怜的赫克托·麦克弗森博士马上就不吭气了。

后来我们得知,这个人不过是一个没什么恶意的疯子,他带着他的一连串红宝石和铂金的采矿权全世界跑,因为他被这两项投机给逼疯了,现在希望在伯马和巴西或者其他合适的地方翻盘。他的眉毛,终究还是天生的。我们对这事儿很抱歉,但是像查尔斯爵士这样地位的人,对于流氓无赖来讲就是太打眼了,要是他不能及时保护自己的话,他会一直被那些混蛋压榨。

那晚,我们回到楼上的客厅,阿梅莉亚一屁股瘫在沙发上。"查尔斯,"她用一种悲剧女王的声音说道,"那是真的钻石,如果我得不到,

---

[1] 辛巴达:《一千零一夜》里的人物。

我永远都不会开心的。"

"是真的钻石。"查尔斯附和道,"你会得到的,阿梅莉亚。这两颗钻石的价值不下三千英镑,不过我会慢慢抬价的。"

因此,接下来的日子里,查尔斯开始与牧师讨价还价。但是布拉巴宗不想让出钻石。他说他并非贪财之辈,他更看重母亲的礼物与家族传统,胜过一百英镑,如果查尔斯爵士愿意给一百英镑的话。查尔斯的眼睛闪闪发亮。"要是我给你两百英镑呢!"他试探地说,"这可是个大好机会!你可以给你们的乡村学校再修一排房子了!"

"我们的校舍宽敞得很。"牧师说,"真的,我不会卖的。"

不过,他的声音有些发抖,他好奇地看着他们。

查尔斯太心急了。

"多一百少一百对我来说无关紧要。"他说,"是我太太真的对你的钻石动了心。每个男人都有义务取悦太太,对吧,布拉巴宗夫人?我给你三百英镑。"

娇小的苏格兰姑娘攥紧了双手。

"三百英镑!噢,迪克,想一想我们能玩得多开心,我们能用这些钱做好多好事呢!就卖给他吧。"

她娇滴滴的嗓音让人难以拒绝,但是牧师还是摇了摇头。

"不行。"他说,"这是我妈妈的耳环!要是奥布里舅舅知道我卖了钻石的话，他还不知道得多生气呢。我可没脸去见他了。"

"他还希望奥布里舅舅怎么样？"查尔斯爵士问"白杜鹃"。

布拉巴宗太太哈哈笑起来。"奥布里舅舅！哦，亲爱的，别这样。可怜的老奥布里舅舅！嗨，这个亲爱的老人家除了退休金一分钱都没有。他就是个退休上校舰长。"她笑得很婉转，真是一个迷人的女人。

"那我就不管奥布里叔叔的感受了。"查尔斯爵士斩钉截铁地说。

"不，不。"牧师回答说，"可怜的老奥布里舅舅！我无论如何都不会做让他生气的事情，要是我卖了钻石他肯定会知道的。"

我们回到阿梅莉亚那儿。"喂，你们拿到钻石了吗？"她问。

"没有。"查尔斯爵士回答说，"还没有，不过我觉得他会改变主意的。他现在就有点犹豫了。他愿意卖给我们，但是害怕那个奥布里舅舅会怪他。他的妻子说服他，让他别去管奥布里舅舅怎么想，明天我们就会敲定价钱。"

第二天早晨，我们在客厅里待到很晚。我们总是在客厅里吃早餐，快到午餐时间才下楼去。查尔斯和我都忙着处理积压的信件。我们下楼来的时候，酒店门房走上前来，递给阿梅莉亚一张小小的秀气的纸条。她接过纸条读起来，脸阴沉下来。"糟了，查尔斯。"她把纸条递给他，喊道，"你让机会溜走了。我再也不会开心起来了！他们带着钻石走掉了！"

查尔斯抓住便条读了起来,然后把它递给我。留言很短,却是最终答复——

周四 上午六点

亲爱的范德瑞夫特夫人——您能原谅我们走得如此匆忙以至于不辞而别吗?只因我们刚刚收到一封不幸的电报,迪克最心爱的姐姐在巴黎病了,正在发烧,很严重。我们本想离开前跟您握手道别的——您对我们是那么和善友好——但是我们必须乘早班列车离开,非常早,无论如何我不愿打扰您。也许有一天我们会再相见——只是,我们蜗居在北方乡村,看来可能性也很小了;但是不管怎么样,您的杰茜·布拉巴宗都对您保有一份充满感激的美好回忆。

另外,最真诚地问候查尔斯爵士和亲爱的温特沃斯先生。

再斗胆给您一个吻。

"她都没有说他们去哪儿了!"阿梅莉亚气急败坏地叫道。

"也许门房知道。"伊莎贝尔看向我身后说。

我们去办公室询问,的确,那位先生是诺森伯兰郡恩平汉霍姆布什村的理查德·佩普洛·布拉巴宗牧师。

信该立即寄往巴黎的哪个地址呢?

接下来的十天,在另行通知前,都是歌剧院大街的德斯蒙德兹酒店。

阿梅莉亚马上做出了一个决定。

"快趁热打铁！"她喊道，"这病来得突然，正好在他们蜜月快结束的时候，他们只能在那么奢侈的酒店里多待十几天，这样一来，肯定会超出牧师预算的。他现在肯定会愿意卖钻石了。你们可以花三百英镑买下来。查尔斯一开始就开价那么高，真是太傻了；不过既然开了价，我们当然就要势在必得。"

"那你打算怎么做？"查尔斯问，"写信还是发电报？"

"哎，男人真是傻死了！"她嚷着，"你这是要写信来安排公务吗？还想发更不济的电报？都不行，西摩必须马上出发，搭晚上去巴黎的火车，他一到那儿，就得去见布拉巴宗太太。最好是布拉巴宗太太，她才不会说起奥布里舅舅那一套愚蠢的感伤废话。"

身为一个秘书，我可没有义务做一个珠宝经纪人，不过一旦阿梅莉亚坚定了立场，她就会毅然决然。这不，当晚，我就乖乖上了火车前往巴黎，第二天早晨，我钻出舒适的卧铺车厢，出了火车站。我要谨遵的命令是带回钻石，这么说吧，不管死活，都要把钻石揣在兜里带回卢塞恩，只要能马上买下来，出多少钱都可以，最多可以给到两千五百英镑。

我抵达德斯蒙德兹酒店的时候，看到小牧师夫妻俩都十分烦躁，他们说，守着生病的姐姐熬了个通宵。刚刚经历了长途奔波，失眠和焦虑让他们累极了，两人都一副苍白的倦容，尤其是布拉巴宗太太，看上去一脸病态——这下太像白杜鹃了。在这个时候为了钻石的事来打扰他们，我真是很过意不去，但是我又想到，也许阿梅莉亚说得没错——他们用来大陆旅行的费用估计已用得差不多了，至少不会拒绝已备好的现金。

我小心翼翼地提起这个话题。"范德瑞夫特夫人就是头脑发热。"我说，"她一门心思要这些没用的小饰品，而且得不到她就活不下去了。她一定要得到。"但是牧师很顽固，他对我张口闭口就是奥布里舅舅："三百英镑？——不行，绝对不行！亲爱的杰茜，妈妈的礼物不能卖！"杰茜一遍遍地恳求他，她说她非常喜欢范德瑞夫特夫人，可牧师就是不听。我试探性地把价开到了四百英镑。他阴沉着脸摇摇头说道："这不是钱的问题，是情感。"我看这一套行不通了，就另辟蹊径，我说："我想我应该告诉你，这些石头，是真的钻石。查尔斯爵士非常确定这一点。喏，你想，你这样职位的人戴着这样一对价值几百英镑的宝石，当作一般的袖口纽来用，这合适吗？换作女人呢？——我告诉你，那就合适了。但是对男人来讲，戴这个像男人吗？你还是个打板球的！"

他看着我笑了。"什么也说服不了你？"他大声说，"好几个珠宝匠都鉴定过这些石头，我们知道这就是人造宝石。如果我以欺骗的手段卖给你，才不合适呢，我不能那么做。"

"好吧，那么，"我顺着他的话说，又开了更高的价格，"这么说吧，这些石头是人造宝石，但范德瑞夫特夫人就是莫名其妙地、誓不罢休地想要得到它。钱对她来说不是问题。她是你妻子的朋友，就算做个人情，你就不能一千英镑卖给她吗？"

他摇了摇头。"这样不对。"他说，"我还可以再喊高价，但这太卑劣了。"

"可我们就愿意。"我大喊。

他真是顽固透顶了。"我是一个牧师。"他回答，"我觉得我做不到。"

"你愿意吗，布拉巴宗太太？"我问。

这个漂亮娇小的苏格兰女人凑过去跟他窃窃私语，撒娇哄他。她那套法子很迷人。我听不见她说了些什么，但他似乎最终妥协了。"我太爱范德瑞夫特夫人了，宝石给她。"她转过来对我小声说，"她真的太可爱了！"她把袖口纽从她丈夫衣服上取下来，递给我。

"多少钱？"我问。

"两千？"她有点犹豫地说。这个价真是涨得猛，不过女人就是这样。

"成交！"我说，"同意吗？"

牧师看上去一脸羞愧。

"我同意。"他慢慢说道，"既然杰茜喜欢。但作为一个牧师，为了避免日后的误会，我需要你给我写一个声明，写清楚我已经特别声明，这两颗石头只是人造宝石——是古老的东方人造宝石——并不是真的钻石，我并没有对它们的材质有其他说法。"

我非常满意地把钻石放进了包里。

"当然。"我一边说，一边掏出一张纸。查尔斯的商业直觉真准，他早就预见到牧师会提这个要求，早就给了我一份签好的协议，可以满足牧师的要求。

"你能接受支票吗？"我问。

他犹豫了一下。

"我更倾向于法兰西银行的银行券[1]。"他说。

"很好。"我回答，"我这就去换。"

这世上有些人就是如此轻信他人！他竟然让我就那么走掉了——钻石就揣在我的兜里！

查尔斯给了我一张空白支票，开出的金额最多两千五百英镑。我把支票给我们的代理人，兑了法兰西银行的银行券。牧师很高兴地接过了钱。那天晚上，我很高兴地回卢塞恩了，觉得比起钻石的实际价值，我居然足足少付了一千英镑就把真货买到手了！

1　银行券：银行券最早出现于十七世纪，由银行发行用来代替商业票据，是一种信用货币。

阿梅莉亚心急火燎地在卢塞恩火车站接到了我。

"西摩,你买到钻石了吗?"她问。

"买到了。"我说着,得意地掏出战利品。

"哦,天哪!"她大叫起来,后退一步,"你知道这是真的吗?你肯定他没有糊弄你?"

"当然是真的。"我一边说,一边检查,"在钻石这事儿上,没人能骗得了我。你怎么又怀疑它是假的了?"

"因为我在酒店跟奥黑根太太聊天,她说她从书上读到一个众所周知的骗术,就是骗子准备两套东西,一真一假,他把真货展示给你,卖给你的却是假货,还装作他给了你特别优惠。"

"你不用怕。"我说,"我会鉴定钻石。"

"只有查尔斯看过了。"阿梅莉亚喃喃地说,"我才会满意。"

我们回到了酒店。当我把石头交给查尔斯检查的时候,我发现这是阿梅莉亚这辈子以来头一次这么紧张。她的怀疑是会传染的,就连我自己,也开始有点担心,怕查尔斯突然发脾气,大吼起来,像平时事情出错的时候那样。可是我告诉他价格的时候,他只是微笑着看这些石头。

"比起它们的价值来,便宜了八百英镑。"他心满意足地回答。

"你真的不担心这是假货吗?"我问。

"完全没问题。"他专注地看着钻石回答,"这是货真价实的钻石,无论是质地还是类型,都跟阿梅莉亚项链上的一模一样。"

阿梅莉亚终于松了一口气。"我上楼去了。"她慢条斯理地说,"把我自己的拿下来给你们俩比较一下。"

一分钟后,她又冲了下来,跑得气喘吁吁的。阿梅莉亚可是一点儿都不瘦,我以前可不知道她能这么灵活。

"查尔斯,查尔斯!"她大喊着,"你知道发生什么倒霉事了吗?我自己的两颗钻石不见了!他从我的项链上偷走了两颗钻石,然后又卖给我了!"

她举起钻石项链。千真万确啊,两颗钻石不见了——而这两颗补上去刚刚好!

突然我明白了。我拍着脑袋,大叫起来:"天哪,那个小牧师就是——克莱上校!"

查尔斯也用手拍着自己的额头。"还有,那个杰茜,"他大声说,"就是'白杜鹃'——那个清纯的苏格兰小女人!尽管她的高地口音很迷人,我听她说话却常觉得耳熟。杰茜就是皮卡尔夫人!"

我们还没有确切的证据,但是,跟尼斯的高级警官一样,直觉告诉我们,事情一定是这样。

查尔斯爵士决定抓住这个流氓。第二次上当受骗让他豁出去了。"这人太坏了。"他说,"他很有一套,似乎并不特意来骗我们,而是让我们自投罗网。他设下陷阱,我们就跌跌撞撞地闯了进去。明天,西摩,我们一定要去巴黎找他。"

阿梅莉亚跟他解释了一番奥黑根太太说的话。查尔斯凭他一贯以来的睿智,马上全明白了。"这就对了。"他说,"那个混蛋就是用这种把戏来糊弄我们的。要是我们对他起了疑心,他就把真的钻石拿出来,这样就蒙混过关了。这不过是给他实实在在的抢劫打了个马虎眼。等我们回过神来,他已经逃到巴黎去了,一大早儿顺利地从我们身边溜走。真是个狡猾至极的骗子!骗了我两次!"

"但他是怎么拿到我的首饰盒的?"阿梅莉亚嚷道。

"这就是问题了。"查尔斯说,"谁叫你到处乱放的!"

"那他干吗不把整条项链一起拿走,把钻石都卖掉?"我问。

"太狡猾了。"查尔斯回答,"这一招才更高明呢。要处理掉这么贵重的赃物,那可不容易。首先,钻石很大,很贵,其次,这些钻石非常有名——任何一个珠宝商都听说过这个'范德瑞夫特之河',还在照片上见过项链什么样。可以说,这条项链是鼎鼎有名的。他不能那么干,所以他玩了一个更高明的花招——从这串项链上取下两颗,卖给全世界唯——一个毫无疑问会买下它的人。他到这来就是来设局的。他事先把自己的袖口纽做成合适的形状,然后偷走钻石,镶在袖口纽上。这一招真是狡猾至极,我几乎都要崇拜他了。"

因为查尔斯自己就是一个生意人,他也能看到别人身上所具有的商业天分。

克莱上校是怎么得知这条项链,又是怎么偷到两颗钻石的,很久以后我们才知道,在这里我就不揭晓答案了。生活的一条好准则就是循序渐进,慢慢来。目前来看,他真的成功地把我们给撂倒了。

不过,我们跟着他到了巴黎,事先发电报给法兰西银行,告知他们终止兑现,但已经没有用了。他们已经在半个小时内将我付给他的钱兑现了。我们发现,那个牧师和他的妻子已经在那天下午离开了德斯蒙德兹酒店,不知去向。跟往常一样,他们人间蒸发了,没有留下任何线索。换句话说,他们又换了一身装扮,显然,他们改头换面,当晚又重新出现在另一个地方。不管怎么样,打此以后,再也没有人听说过这个理查德·佩普洛·布拉巴宗牧师——当然了,也压根儿就不存在什么诺森伯兰郡恩平汉霍姆布什村。

我们就此事跟巴黎警方做了一番沟通。他们真是毫无同情心。"毫无疑问,那就是克莱上校。"跟我们会面的那个警察说,"但你们似乎也没有多少可抱怨的。就我所看到的来说吧,先生,你们并没有多少选择。你,爵士先生,想用人造宝石的价格买到真的钻石;你,夫人,害怕用钻石的价格买到假货;而你,秘书先生,试图从一个毫无戒心的人手里以半价买下那些钻石。他把你们都钓上钩了，那个放肆的克莱上校——真是棋逢对手啊。"

显然，这话说得真不错，可是一点儿不能安慰人。

我们回到格兰德酒店。查尔斯火冒三丈，嚷道："真是太过分了！这流氓太放肆了！不过他再也骗不了我了，亲爱的西摩，我只希望他有胆子再试试。我会捉住他的。我肯定，他就算乔装打扮了，我也会认出他来的。居然被这样骗了两次，真是太荒唐了。但是这辈子再也不会有下次了！再也不会了，我发誓！"

"再也不会了！"就在大厅里，离我们很近的一个导游嘟囔着。我们站在格兰德酒店的游廊下，大玻璃庭院里。我真的相信，那个导游就是换了一副装扮的克莱上校。

但也许，我们开始觉得到处都有他了。

伦勃朗真迹

查尔斯爵士跟很多南非人一样，根本就坐不住。他讨厌坐下来，一定要"在路上"，对他来说，不能自由走动毋宁死。在梅费尔一连待上六周就是他的极限，然后就必须马上离开，换个地方放松，或是去苏格兰，或是去洪堡、蒙特卡洛、比亚里茨等地方。"我可不是附在石头上的帽贝。"他说。因此，在今年初秋，我们就来到了布莱顿。一如往常，我们是和睦的家庭小旅行团——查尔斯爵士和阿梅莉亚，我和伊莎贝尔，还有随从。

抵达那里的第一个星期天早晨，我们都出去了，很遗憾，用来做礼拜的神圣时间里，查尔斯和我走在国王大道上，呼吸着新鲜空气，眺望着海峡上起伏的海浪。两位女士（戴着帽子）去教堂了。查尔斯和我起床晚了，劳累了一周让人疲惫不堪，昨晚又在空气不流通的桌球室里熬了一个通宵，还喝了一种不太常喝的苏打水，早晨起来我就头痛。后来我们在教堂游行队伍中遇见了我们的妻子——我觉得阿梅莉亚和伊莎贝尔甚至觉得参加游行比听布道更重要。

我们坐在一张玻璃椅上。查尔斯好奇地东张西望，看国王大道上有没有卖周日报纸的报童。终于，有一个男孩来了。"来份《观察家报》！"我的大舅子干脆地喊了一声。

"没有了。"男孩说着，一边朝我们得意地挥挥他的包，"要不要《裁判》或者《粉红联盟》？"

查尔斯不读《裁判》，说到《粉红联盟》呢，他又觉得不适合在星期日的早晨在大庭广众下读。这份报纸应该在家里读，而不是在公共场所，粉红的报纸太打眼了。所以他摇了摇头，小声地说："要是你看到谁卖《观察家报》，赶紧让他到我这儿来。"

坐在我们旁边一位很斯文的陌生人转过身，和颜悦色地说："介意我把这一份报纸给您吗？"他说着，从口袋里掏出了一份报纸，"我想，最后一份是我买到了。今天大家都在抢这份报纸呢，上午德兰士瓦有重大新闻。"

查尔斯抬了抬眉毛，接受了这份好意，我想，他有点没好气吧。于是，为了去掉他的不礼貌有可能给这个好心人留下的坏印象，我与这个文雅的陌生人攀谈起来。这是一个中年男子，中等个儿，很有涵养，戴着一副金边夹鼻眼镜，目光炯炯，说话很文雅。不一会儿，他就聊起布莱顿的上流人士来。很明显，他与一些杰出人士关系甚密。我们谈起了尼斯、罗马、佛罗伦萨和开罗，交换了彼此的看法。似乎这位新朋友结交的很多人跟我们一样，的确，我们的圈子在很大程度上都有所重合，我真纳闷，在此之前，我们居然从来没有遇见过彼此。

"查尔斯·范德瑞夫特爵士，非洲富豪。"最后他说，"你知道他吗？我听说他现在就在这儿，在城里。"

我对查尔斯挥了挥手。

"这位就是查尔斯·范德瑞夫特爵士。"我得意地回答，"我是他的妹夫，西摩·温特沃斯先生。"

"哦，真的啊！"陌生人答道，流露出一种又是好奇又是谨慎的神情。我不知道他之前是想装作自己认识查尔斯爵士，还是正好要说点很不客气的话，现在他很乐意躲过了这一茬。

不过，这时查尔斯放下了报纸，打断了我们的交谈。我马上从他缓和的口气知道，德兰士瓦的消息对他的克卢蒂德普－戈尔康达钻石公司很有利，因此他一下变得友好和蔼了，整个人一下子换了个态度。他对那个彬彬有礼的陌生人也客气起来了。此外，我们知道他跻身于上流社会，跟他相熟的有年轻的作家费思，还有了不起的北极旅行家理查德·蒙特罗斯爵士。他结交的人都是阿梅莉亚恨不得拽到梅费尔家庭聚会中的。至于画家，很显然，他跟他们中的许多人都是心腹之交。他跟院士们一起吃饭，每周给研究所的成员提供早餐。现在阿梅莉亚特别希望她的沙龙不要只是金融家和政治家们的聚会，有了那么多下院议员和富豪，她希望来一点文学、艺术，甚至玻璃器乐的精致情调。

我们的新朋友非常健谈。查尔斯爵士后来对我说："西摩，他知道自己的社会地位，所以他并不怕敞开交谈，而很多人不确定自己的位置。"我们起身前交换了名片，这位新朋友的名字是爱德华·波尔佩罗医生。

"在这里开业吗？"我问道，不过从他的着装看并非如此。

"哦，不是医生，"他说，"我是法学博士。你也许不知道，我对艺术很感兴趣，给国家美术馆购买作品。"

这就是阿梅莉亚家庭招待会要找的人！查尔斯爵士马上摆出最友好的样子，急切地说："我的马车就在这里，我们打算明天去刘易斯。要是您愿意赏光同行，我肯定，范德瑞夫特太太见到您会非常高兴。"

"您真客气。"博士说，"我非常乐意。"

"我们十点半从大都会酒店出发。"查尔斯接着说。

"我会去的。再见！"他心满意足地笑了笑，点点头，起身走了。

我们回到草坪上，找到阿梅莉亚和伊莎贝尔。我们的新朋友从我们身边走过了一两次。查尔斯把他拦下来,介绍给她们,跟两位女士同行,他衣着考究,散发着独特的艺术气息。阿梅莉亚一下子就被他的风度所折服了。"谁都一眼看得出来。"她说,"他是一个有涵养的真正卓越的人。我在想,他能不能把皇家艺术院院长带来周三晚的家庭聚会?聚会每隔一周都会举办一次。"

第二天十点半,我们驱车出发了。我们这一行人应是萨赛克斯最厉害的人了。查尔斯是个很出色的车夫,不过有点儿紧张,或者说好听点,是行事谨慎?他要控制好四匹马,这会儿双手都不得空,没有时间来闲聊。波尔佩罗博士、我和阿梅莉亚坐在后面。大部分时间博士都在对着范德瑞夫特夫人说个不停,他聊的都是画廊,阿梅莉亚很讨厌听这些,但是她又觉得,作为查尔斯爵士的夫人,自己必须时时装出一副很有雅兴的样子。他们谈着贵族的义务,谈着在罗斯郡,我们的地盘——塞尔登城堡的墙上挂满了利德[1]和奥查森[2]的画作。这个结果是由一次意外导致的。查尔斯爵士要给他的马车配一匹领头马,你知道的,他跟一个艺术家朋友谈起了这事,结果第二周,那位朋友给他带来一幅利德画作。查尔斯爵士大大吃了一惊,又很不好意思说弄

---

[1] 利德:Leader,十九世纪英国风景画家,小写的"leader"即为下文的"领头马"。

[2] 奥查森:十九世纪苏格兰肖像画家。

错了。于是他就这样意外地成为艺术的赞助人。

尽管波尔佩罗博士的言谈太过风雅，但有他搭伴，让人心旷神怡。他很机灵，聊聊轶事，谈谈丑闻，他确切地告诉我们哪些名画家跟他们的厨娘结婚，又有哪些人娶了他们的模特，不管怎么说，他真的是一个很会聊天的人。说起别的，他倒是提了一下最近发现的一幅伦勃朗的真迹，完全不容置疑的伦勃朗画作，这幅作品多年来一直藏在一个不知名的荷兰家庭中。这是伦勃朗的一幅杰作，但在过去的半个世纪中，除了极少数的内部人员见过外，很少有外人看到过。这幅肖像画是《哈勒姆的玛丽亚·范伦尼斯》，他在荷兰高达从她的后裔手中买了下来。

我看见查尔斯竖起了耳朵，不过他还是不动声色。这个玛丽亚·范伦尼斯，恰好是范德瑞夫特家族的远房旁系祖先，那时他们家族还没移居到好望角，移民是1780年的事儿了。家族中人都知道这幅画像，但不知其下落。伊莎贝尔常常跟我提起这事儿。要是价钱合理，买下一幅真正的伦勃朗画的祖先肖像送给儿子们（我得说，查尔斯在伊顿有俩儿子），该是一件多么美妙的事啊。

对于这个珍贵发现，波尔佩罗博士后来还谈了很多。他曾试图第一时间内把这幅画卖给国家美术馆，尽管理事们非常乐意，而且也鉴定了这幅画的真实性，但是他们很遗憾，今年可供支配的资金已经不允许他们再以一个合理的价格买下如此珍贵的作品。南肯辛顿也太穷了。不过博士目前跟卢浮宫和柏林签订了协议。只是,一件像这样的艺术品,一旦被卖到那些国家去,就再也走不掉了,这是很遗憾的啊。有爱国情怀的艺术赞助家应该为了自己的家庭买下这幅画,或者作为礼物慷慨献给祖国。

自始至终查尔斯都没有说一句话,但是我能感觉到他正在心里估量着。在经过一个狭小的拐角时,他甚至朝身后看了一眼(守卫都吹响喇叭,提示行人有马车来了),提醒阿梅莉亚不要乱说话。这一瞥马上就起到了让她闭嘴的效果。查尔斯驾马车的时候很少回头看,从他的举动中我看出来,他肯定是非常迫切地想得到这幅伦勃朗的真迹。

我们到达刘易斯后,把马车停在客栈,然后查尔斯跟平时一样点了一份豪华午餐。同时,我们也两两地四处溜达,逛逛小镇和城堡。出发前查尔斯把我拉到一边。"西摩,你看。"他说,"我们务必万分小心。我们跟这个波尔佩罗博士,只是萍水相逢。狡猾的骗子最容易用一幅大师之作来诓人。要是这幅伦勃朗是真的,我应该买下来;要是它真画的是玛丽亚·范伦尼斯,我有义务为孩子们买下它,但是我最近已经被耍了两次,我不允许有第三次。我们必须小心行事。"

"你说得对。"我回答,"不会再有先知和牧师了!"

"要是这个人是个骗子。"查尔斯继续说,"尽管他说了一大堆关于国家美术馆之类的事情,我们仍然对他一无所知——他说的那些故事不过是临时编造出来骗我的。我是一个名人，他很轻易就能了解我的信息；他知道我是布莱顿的，周日那天，他一直坐在那个玻璃椅子上，说不定就是故意给我下套的。"

"他说了你的名字。"我说，"当他发现我是谁的时候，他就很殷勤地跟我聊了起来。"

"对。"查尔斯继续说道，"他可能早就听说过玛丽亚·范伦尼斯的肖像画，我的祖母总说那幅画放在高达；而且，你一定记得，我自己也经常提及此事。如果真是这样的话，对于一个骗子来说，还有比用那种天真的方式对阿梅莉亚说起这幅画更自然而然的行径吗？如果他想要伦勃朗的画，我相信他想要多少都能在伯明翰订购到。不管怎么样，我们应当小心又小心。"

"你说得对。"我回答说，"我现在就要盯紧他。"

在秋天山毛榉金色的树荫掩映中，我们驱车从另一条路返回。那是一次令人愉快的远足。豪华午餐与上好的干红让波尔佩罗博士满心欢畅，侃侃而谈。我从来就没有听过一个男人讲过这么多各式各样的奇闻秘事。他哪里都去过，谁都知道。阿梅莉亚马上就邀请他去周三的家宴，而他也答应给她介绍几位文艺界的名流。

那天傍晚，大约七点半的时候，还没到晚餐时间，我和查尔斯经过一家新开张的小酒店，装修得非常漂亮时髦，有大大的凸窗。里面亮着灯,百叶窗是拉起来的,里面恰恰就坐着我们的朋友,波尔佩罗博士,坐在他对面的还有一位年轻、优雅、漂亮的女士。他面前放着一瓶打开的香槟酒。他在温暖的房间里畅饮着,流露出十足的幽默感。他们用狐疑的眼光看着彼此,偶尔又突然迸发出一连串欢快的大笑声,显然,他的一些绝妙的笑话让两人都十分陶醉。

我退后一步,查尔斯爵士也跟着后退。我俩一下子想到一块儿去了。我喃喃地说:"克莱上校!"他接着说:"皮卡尔夫人!"

他们长得一点儿都不像理查德牧师和布拉巴宗夫人,可这正好能说明问题。我也没有看到墨西哥先知的鹰钩鼻的迹象,而且,我那时已经学会了不要迷信外表。要是这两人的确就是那对臭名昭著的骗子夫妇,或者搭档,我们必须非常谨慎行事。这一次我们得到了预警,要假设他会再放肆地耍我们一次。只是,我们现在必须采取行动防止他狡猾地从我们手中溜走。

"他精得像狐狸一样啊。"尼斯的警察说。我们都记得这句话,我们对我们的计划要深思熟虑,防止此人在第三次作案时从我们手上溜走。

"我跟你说该怎么做,西摩。"我的姐夫深思熟虑地缓缓说来,"这一次,我们要故意让自己被骗。我们必须主动提出要买下这幅画,让他给出书面保证这是伦勃朗的真迹,还要用最严格的条件约束他。但是同时,我们必须要表现得跟小孩一样轻信无知,他说什么,我们就信什么。然后名义上接受他的价格买这幅画——用支票支付。接下来，一旦交易完成，我们就有了他的罪证，立刻就逮捕他。当然，他肯定会想立马就消失得无影无踪，就像他在尼斯和巴黎时那样，但是这次，我们有警察候着，一切都已就绪。我们不能轻举妄动，也不可迟疑拖延。在他接受交易并把钱放进口袋以前，我们都不要打草惊蛇；一旦他得逞，我们就必须马上抓住他,然后把他带到当地的'弓街'去。这就是我对这次行动的计划。同时，我们必须装出完全信任他的样子，我们要天真、淳朴、老实。"

根据这个部署精良的计划，第二天，我们在波尔佩罗博士下榻的酒店拜访了他，他还向我们介绍了他的夫人，一个精致的小女人，我们装作没认出来她就是那个淘气的皮卡尔夫人，以及单纯的"白杜鹃"。跟平常一样，博士又满面春风地谈论起艺术来——天哪，他真的是一个见多识广的混蛋！查尔斯爵士表示，他对那幅伦勃朗画作有些兴趣。我们的新朋友非常高兴，从他竭力克制的急切的语气中，我们可以看出他一下就明白我们很有可能买下这幅画。他说，他会第二天到城里去把画带来。实际上，第二天清晨，我和查尔斯搭乘惯常坐的普尔曼卧铺车，赶去参加半年一次的克卢蒂德普－戈尔康达公司例会，我们的博士，也靠着扶手椅坐着，好像这车是他的一样。查尔斯给了我意味深长的一瞥。"他很有派头。"他低声说，"对吧，从我这里捞走五千，还打算用假伦勃朗来骗我。"

到了城里，我们马上就行动起来，从马维利尔那里雇了一位私家侦探看着我们这位朋友。他告诉我们，这位所谓的博士那天在西区的一个经销商那里取了一幅画（考虑到诽谤罪法，我不说出他的名字），据说这个经销商在此之前就卷入了几桩不体面的地下交易。不过，可以肯定的是，我的经验告诉我画商就只是画商。在我脑子里，这些不法代理商，不法生产者和制造者的消息占据了头号重要位置，而画作屈居第二了。不管怎么说，我们发现这位卓越的艺术评论家在这个经销商的店里取走了他的伦勃朗，然后一路护送名画，当天晚上赶回了布莱顿。

　　为了避免操之过急而功亏一篑，我们诱导波尔佩罗博士把伦勃朗的画作带到大都会酒店来让我们检查，把画留在我们这里，与此同时，我们要听取一个从伦敦来的专家的意见。

　　专家来了，就这份所谓的大师杰作给出了全面的鉴定意见。据他判断，这根本不是伦勃朗所作，不过是一幅画工精良且巧妙做旧了的当代荷兰仿制品。而且，他给我们的书面证据表明，真正的玛丽亚·范伦尼斯肖像画实际上在五年前就卖到了英国，以八千英镑的价格卖给了著名的艺术鉴赏家J.H.汤姆林森爵士。因此，波尔佩罗博士的这幅画，最多是伦勃朗的一份摹本，或者，更可能是他学生的临摹，最大的可能，则是一份当代制造的赝品。

　　因此，我们做好了充分的准备指控这位自封博士的人，不过，为了确保万无一失，我们甚至很隐晦地提示他，玛丽亚·范伦尼斯肖像的真迹说不定在别处，我们甚至还提醒他，这幅画落在爱好广泛的收藏家J.H.汤姆林森爵士手里也不是没可能。但是对于这种种诋毁他作品的言论，波尔佩罗博士都坚决抵制。他居然厚颜无耻到无视这些书面证据，还信誓旦旦地说J.H.汤姆林森爵士（英国最博学最精明的绘画买家）被一个有造假天分的荷兰穷画家给聪明地骗过了。他发誓说真正的玛丽亚·范伦尼斯肖像就是他卖给我们的这幅。"成功会冲昏人的头脑。"查尔斯很得意地对我说，"他觉得他编出来骗我们的每一句明摆着的瞎话我们都会相信。可是这一招也用得太多了。这一次我们要将他的军。"我承认，这是混用的比喻，不过查尔斯用的比喻并不总是完全优于批评。

所以我们假装相信此人，并且接受他这些保证。接下来就是价格问题。这一次我们很热切地讨价还价，当然只是装装样子。J.H.汤姆林森爵士买下真正的玛丽亚花了八千英镑，这个博士卖的假货开价要一万。既然查尔斯只是打算给他开张这个价码的支票，然后就将这家伙捉拿归案，倒真没必要跟他争来争去。不过，我们觉得最好别让他起疑心，所以得装出一副不满的样子，最终我们把价格砍到了九千。此外，他还要给我们写一份书面的保证，说明他卖给我们的作品是伦勃朗的真迹，是真正的《哈勒姆的玛丽亚·范伦尼斯》，还要说明他是确凿无疑地直接从这位女士在荷兰高达的后裔手里买下的。

干得真漂亮,一切都安排得万无一失。我们安排一名警察候在我们在大都会酒店的房间里,又请波尔佩罗博士在一个特别的时间点来这里签保证书、收款,我们在一张完好的公文纸上拟好了协议。到了约定的时间,"甲方"来了,之前他已经给了我们肖像。查尔斯取出一张支票,签上我们协商好的金额,签好字,然后把支票递给博士。波尔佩罗接过支票,与此同时,我站到门口,两个警局来的便衣侦探扮作服务生站在一边看着窗口。

我们怕骗子一拿到支票,就会躲开我们,像他在尼斯和巴黎时一样。这次,当他带着胜利的微笑把钱放入口袋时,我手里拿着一副手铐,一个箭步冲了上去。他还没回过神来发生了什么,我就把他两只手给牢牢铐上了,这时警察走上前来。"我们终于把你逮住了!"我大声说,"我们知道你是谁,波尔佩罗博士。你就是克莱上校,又称安东尼奥·赫雷拉先生,以及理查德·佩普洛·布拉巴宗牧师。"

这辈子我从未见过谁惊讶成这个样子!他完全懵了。查尔斯认为他一定是觉得可以立马溜走,而我们这边动作之迅猛,让他完全惊呆了,彻底蔫儿了。他环顾四周,仿佛还没弄明白到底怎么回事。

"这是两个说胡话的疯子吧?"终于,他开口问道,"什么安东尼奥·赫雷拉,什么乱七八糟的,他们什么意思啊?"

警察把手放在犯人的肩膀上。

"好了，伙计。"他说，"我们要对你实行拘捕。你被捕了，爱德华·波尔佩罗，又名理查德·佩普洛·布拉巴宗牧师，据下院议员查尔斯·范德瑞夫特爵士的证词，你被指控对他进行金钱欺诈，现在在这里签字吧。"查尔斯事先就已经拟好了这份材料。

我们的罪犯站了起来。"瞧，警官。"他不服气地说，"一定是搞错了。我这辈子任何时候都没有用过别名。你们怎么知道这就是真正的查尔斯·范德瑞夫特爵士？这也可能是冒名顶替，不过，我倒是觉得，他俩是从疯人院里逃出来的疯子。"

"我们明天就知道了。"警察抓住他说，"现在你得跟我乖乖地去警察局，这两位先生会在警察局登记下对你的控告。"

他们很坚决地把他带走了。查尔斯和我在案件记录上签了字，警察把他关起来，等着明天在治安法官面前审问。

即使现在，我们也有点怕这个家伙会想办法获得保释，趁我们不注意溜之大吉。而且，他确实用了非常激烈的方式抗议我们对待一个"他这样地位的绅士"。不过查尔斯特地告诉警察抓得没错，他是一名很危险且极其狡猾的罪犯，无论他有什么借口，都绝对不能放他走，必须等到明天在治安法官面前仔细审问了再说。

奇怪的是，当晚我们在酒店得知，还真的有一个波尔佩罗博士，那是一名杰出的艺术评论家，我们一点都不怀疑，我们抓的骗子冒名顶替了他。

第二天早晨，我们抵达法院门口时，一名检察官迎了上来，一张脸拉得老长。"瞧，先生们。"他说，"恐怕你们犯了一个很严重的错误，你们把事情弄得一团糟，给自己找了麻烦，还把我们也牵扯进去了。你们说那些证词，真是聪明过了头。我们已经调查了这位先生，确定他的话完全没问题。他的名字就是波尔佩罗，是一位知名的艺术评论家兼绘画收藏家，受雇于国家美术馆，在国外工作。他之前是南肯辛顿博物馆的一名工作人员，现在他是颇受人敬重的巴思爵士和法学博士。你们犯了一个可悲的错误，喏，你们可能要面对非法监禁的指控了，恐怕你们把我们部门也给连累了。"

查尔斯吓得大气也不敢出。"就凭这些荒唐的陈述。"他大声说，"你们没让他走吧，还没有让他从你们手里溜走吧，就像杀人犯溜走一样？"

"让他从我们手里溜走？"检察官大声说，"但愿他会逃，很可惜，完全不可能了。此时此刻，他就在法庭上对你俩破口大骂。我们在这里保护你们，以防他来攻击你俩。由于你们错误的口供，他被关了一晚上，自然气得要发疯。"

"要是你还没让他溜走，我就很满意了。"查尔斯回答说，"他是只狡猾的狐狸。他在哪里？让我看看他。"

我们走进了法庭，看到罪犯正非常兴奋地跟法官（看上去像是他的一位朋友）友好交谈着，查尔斯立刻走上去和他们谈了起来。波尔佩罗博士转过身来，夹鼻眼镜后的眼睛愤怒地瞪着他。

"这人不可思议的反常行为，只有一种解释。"他说，"就是他一定是疯子——他的秘书也同样是疯子。他们坐在国王大道上的一张玻璃椅上，主动跟我认识；他们邀请我坐上他的马车去刘易斯，他们主动提出要买我的一幅名画，然后，在最后一刻，莫名其妙地给我扣上一个捏造出来的欺诈罪。我要求传唤他们非法监禁。"

忽然，我们意识到情况有变。我们渐渐发现自己犯了一个错误。波尔佩罗博士的身份是真实无疑的。我们也发现，他卖给我们的画也是真正的《玛丽亚·范伦尼斯》，是伦勃朗的真迹，他只是把画寄存在那个可疑的经销商手里清洁和修复而已。J.H.汤姆林森爵士的确是被一个狡猾的荷兰人忽悠了，那个荷兰人卖的画也毋庸置疑是伦勃朗的，但画的并不是玛丽亚，而且还是保存不善的次品。原来，我们咨询的权威竟然是一个无知的江湖骗子。而且这幅《玛丽亚·范伦尼斯》被其他行家估价，最多不过值五六千个金币。查尔斯真想撕毁协议，但波尔佩罗博士当然不会听他的。协议是具有法律约束力的，此时此刻，查尔斯脑子里想的事跟书面合同一点儿都没关系。我们的对手同意放弃对我们进行非法监禁的指控，条件是查尔斯得在《泰晤士报》上刊登一则致歉信，并支付五百英镑作为名誉受损的赔偿。我们精心策划的逮捕骗子的计划就这样告终了。

然而，这还算不得结束，因为，在此之后，各大报纸纷纷刊登此事的来龙去脉。波尔佩罗博士，文艺界的知名人士，对那名把他的伦勃朗真迹贬为赝品的伪专家进行了强烈谴责，说那人极其无知，一派胡言。接着各种报道纷纷亮相。《世界报》把我俩写进了一篇讽刺文章，《真理报》一贯以来都喜欢对查尔斯爵士进行猛烈抨击，这次更是刊登了一首尖酸刻薄的诗，名为《金伯利的高雅艺术》。就这样，我们觉得，这件事肯定会传到克莱上校耳朵里。果然，一两周后，我的大舅子收到了一封带着香味的措辞欢快的小便条，是我们的老对头写来的。便条上写着：

噢，你这天真的小可爱！

愿上天保佑你天真的小心脏！它是不是觉得已经将可敬的上校缉拿归案了？它是不是已经撒了一把盐巴在他的尾巴上啊？[1]这个受人尊敬的名字真的是叫作"大傻瓜蛋爵士"吗？你的小诡计把"白杜鹃"和我逗得哈哈大笑！顺便说一句，你该把"白杜鹃"带回家，花上半年时间让她好好调教你，

---

[1] 它是不是已经撒了一把盐巴在他的尾巴上啊：《鹅妈妈童谣》中的句子。

怎么做一名合格的业余侦探。

你真是幼稚得可爱，让我们羡慕。你真的以为，有我这样头脑的人，会堕落到使用如此平庸陈腐的欺诈手段，用名画赝品来骗人？现在是十九世纪了！噢，太天真了！什么时候这种三岁小孩的把戏成了我的了？什么时候，哈，什么时候？不过别担心，亲爱的朋友，虽然你现在还没有抓到我，不久以后，我们就会在某个地方愉快地相见了。

致以最深切的敬意和感激。

您的安东尼奥·赫雷拉

或者理查德·佩普洛·布拉巴宗

查尔斯放下信，长叹了一口气。"西摩，兄弟。"他若有所思地说，"这世上的财富可禁不起这样消耗，就别提我的了。这样不停地敲诈真的吓到我了。我可以料到结局，就是我最终死在济贫院里。那个人，当他是克莱上校的时候，他抢走我的钱，他不是克莱上校的时候，我也把钱浪费在了他身上，这人真的开始让我神经紧张了。我得彻底摆脱这种提心吊胆的生活。我要离开这个充满阴谋的肮脏世界，去一些清新纯净的山野净土待着。"

"你说这些，"我说，"说明你太需要休息和调整了。我们去蒂罗尔吧。"

蒂罗尔古堡

我们去了梅拉诺,这个地方是阿梅莉亚的法国女佣决定的,在这种时候,她往往扮演了我们的向导和陪同。

凯瑟琳娜是阿梅莉亚的法国女佣,一个聪明姑娘,每当我们要去哪儿,选择住酒店还是带家具的小别墅,阿梅莉亚总是会征求她的意见,也往往会接受她的意见。凯瑟琳娜已经把欧洲大陆走遍了,她在阿尔萨斯出生,自然会说法语和德语,而她长期和阿梅莉亚待在一起,最终也把我们的母语英语说得非常流利。这姑娘真的是个宝,做事干净利落,而且从来不多管闲事。她走到哪儿都随身携带针线包和酒精灯煮水器。她煎得了蛋卷,也驾得了挪威雪橇;她既可以缝缝补补做衣裳,也能治点小感冒，你让她做什么她都能给你做好。她做的沙拉是我吃过最美味的，连我们乘火车长途旅行时她冲的咖啡也是一绝，只要有她在，就没有西区俱乐部厨师的事儿了。

所以，当阿梅莉亚摆出那副专横样儿问道："凯瑟琳娜，十月中旬，我们要去蒂罗尔——现在——马上就去，你建议我们住哪里好？"凯瑟琳娜毫不迟疑地回答："秋天，当然是去梅拉诺的大约翰公爵，夫人。"

"他……真的是大公吗？"凯瑟琳娜如此熟悉帝国的历史人物，阿梅莉亚有点震惊。

"真的！不，夫人。它是一个酒店，就像你在英国说的'维多利亚'或'威尔士王子'一样，这是整个南蒂罗尔最舒适的酒店。而且，每年这个时候，你肯定要翻过阿尔卑斯山，因斯布鲁克开始变冷了。"

所以，我们去了梅拉诺，一个更漂亮，且风景如画的地方。我承认，我很少见到这么美的地方。这里有汹涌的激流、高高的丘陵与山峰、错落的葡萄梯田、古老的城墙塔楼、典雅的骑楼老街，还有陡峭的瀑布、德国温泉酒店风格的步行街，你一抬头便可望见崎岖的多洛米蒂山峰。这里的一切真是我从未见过的，苍翠的阿尔卑斯山地中的小镇，街道上到处都是素净的意大利廊柱。

我赞同凯瑟琳娜的选择，尤其高兴她点名住酒店，而不是带家具的别墅，因为住酒店的话，一切都方便，要是住别墅的话，诸多安排事宜自然就会落在可怜的秘书头上。不管怎样,我每天得工作三个小时,应该避免再额外给我增加负担了。就凭凯瑟琳娜聪明的决定,我赏了她半个金币。凯瑟琳娜好奇地瞅了一眼手掌里的金币,神秘地似笑非笑,飞快地把金币放进了兜里,说了一句:"谢谢,先生!"这话里甚至有点轻蔑的味道。我总觉得凯瑟琳娜对于小费的看法很多心,她觉得一个小秘书完全可以单独请她喝一杯啤酒的。

梅拉诺最大的特点就是城堡特别多,在郊区,到处都是城堡。站在切尔伯格山上,统计学学得好的人,一眼就能数出不下四十座美丽又破败的古堡。至于我自己,很讨厌统计学(除非是财务说明需要),我真不知道伊莎贝尔和阿梅莉亚在凯瑟琳娜的指点下,数出了多少座废墟,但是我记得这些城堡许多都古朴而优美,各式各样的建筑真的让人眼花缭乱。一种是方形广场,广场每个角落都有可爱的小炮塔,另一种则连着高大的圆形主楼,还有爬满了常春藤的城墙,可爱的棱堡。查尔斯一下子就被这些深深吸引住了。他爱上了这美妙的风景,在他那金融家的内心深处还住着一个诗人(藏得非常好,但是我准备呈现给各位)。从他来的那一刻起,他就觉得自己应该在这些充满浪漫传奇色彩的山间拥有一座属于自己的城堡。"塞尔登!"他不屑地喊道,"他们把塞尔登称作城堡!但是西摩,你和我都很清楚,它建于1860年,用假古董石头为塞尔登的麦克弗森建的,当时按照市场价格,由伦敦可靠的承包商丘比特公司承建。就那些假古董,麦克弗森跟我要了一个高得离谱的价格,那些钱都完全可以买一个真正的老宅了。瞧,这些城堡就是真的了,真古董啊。蒂罗尔城堡建于十世纪或者十一世纪,罗马式风格。"(他一直在读旅行指南。)"这就是适合我的地方!——十世纪或十一世纪。我可以住在这里,永远远离证券、股票;在这些幽静的峡谷中,西摩,兄弟,再也不会有克莱上校,也不会有皮卡尔夫人!"

事实上,他本来可以在那里住六个星期,然后厌倦了,又去逛逛公园巷,或者蒙特卡洛,或者布莱顿。

至于阿梅莉亚,也真奇了怪,查尔斯头脑发热说的话就让她给听进去了。基本上,这世上除了伦敦她哪儿都不喜欢,除非这个时候,城里有身份的人都见不着了,小小的百叶窗把梅费尔和贝尔格莱维亚区人们震惊的脸庞给遮住了,或者她在罗斯郡的塞尔登城堡待到腻烦死了,或者在巴黎和维亚纳整天无聊得打呵欠,她才会想到别的地方。她就是个不折不扣的伦敦佬。可是,神奇的是,我这位可爱的嫂子,竟然爱上了南蒂罗尔。她想生活在这片浓密的绿荫中。这里,人们正在采摘葡萄,南瓜挂在墙头,弗吉尼亚时代的爬藤植物沿着古雅的灰色城堡攀缘而上,像给城堡披上了一件深红斗篷。一切都像伯恩·琼斯[1]的梦一样美（我想，在这里提到伯恩·琼斯，尤其跟浪漫传奇色彩的建筑联系起来，是非常到位的，因为我听到我们的朋友与对手，爱德华·波尔佩罗博士对他在这方面大加赞赏）。所以，此情此景，阿梅莉亚爱上这里，也许真的合情合理。另外，凯瑟琳娜说的话也对她影响很大，她说欧洲的冬天没有哪个地方能跟梅拉诺相比，不过我并不同意她的说法。下午三点，太阳就落山了，到了一二月份，一股恼人的暖风夹着雪吹，湿答答的。

不过，阿梅莉亚派了凯瑟琳娜去向酒店的人打听这些老宅子的市场价格，还有最近的街区有多少老房子在出售。凯瑟琳娜打听得仔仔细细、一清二楚，她的漂亮话会让老约翰·罗宾斯心花怒放。这些城堡全部都是罗马式的优美建筑，为茂密的常春藤所覆盖，所有的房子都十分宽敞，都是历史建筑，而且全是出身高贵的伯爵和受人尊敬的公爵们的财产。这些房子中，许多都见证了著名的中世纪骑士比武，有几座见证了神圣罗马帝国皇帝的盛大婚礼，每一座房子都曾被选为行刺地点，是一级谋杀案的犯罪现场。鬼魂们也许已被安置在理想或者不理想的地方，各种徽章也许就扔在护城河里，这也算是额外的补偿。

在这令人垂涎的众多城堡中，我们最中意的两个就是普兰塔城堡

---

1 伯恩·琼斯：英国画家。

和立本斯坦城堡。我们驾车经过这两座城堡时，我得承认，就连我自己，都一下子被吸引住了。另外，像这样一宗庞大的预期购置计划，一个小小的秘书，总是有机会施展他的影响，为自己捞点微薄的佣金。我得说，普兰塔城堡是最引人注目的，有着高高的塔楼，粗壮的常春藤枝蔓，看上去，这一切比哈布斯堡王室家族还要古老；但是据说立本斯坦城堡里面保存得更为完好，更适合现代人居住。它的楼梯已经被七千名摄影爱好者拍过了。

我们有参观券，是宝贝凯瑟琳娜为我们搞到的。有了这些票，一个晴朗的下午，在她的建议下，我们准备驱车前往普兰塔城堡。不过，到了半路上，我们改变了主意，径直爬上长长的缓坡，直奔立本斯坦城堡。我得说，驾车穿越这些庭院真的是太美妙了。城堡坐落在一个孤零零的山岩上，沉静泰然，仿佛意大利绘画中的天使长圣米迦勒，俯瞰着脚下丰饶的葡萄园。峡谷两边种满了栗子树，下面蜿蜒的埃奇河谷像一幅徐徐打开的画卷，一切都美极了。

顺便说一句，单单这葡萄园就是了不起的家业，这些葡萄园产出的醇美佳酿，出口到波尔多，在那儿装瓶和出售，并冠以莫尼威特酒庄之名。产出自家的葡萄酒，查尔斯这会儿正沉浸在这个奇思妙想中。

"我可以坐在这儿。"他对着阿梅莉亚大声说，"就只是坐在这儿，在我们自家的葡萄架和无花果树下。惬意的隐居生活！就我来说，我实在厌倦了嘈杂喧嚣的针线街！"

我们敲了敲门——因为这里根本就没有钟，只有一个沉重的老式铁门环。真是太古雅了！我们知道，前任立本斯坦伯爵最近去世了，他的儿子，现任伯爵，是一个很能干的年轻人，已经从他母亲的家族继承了一个更古老壮观的城堡，就在萨尔茨堡区，因此他想把这边的偏远家产卖掉，好买一艘游艇，这些生活方式在德国和奥地利的贵族绅士们中越来越流行了。

开门的是一位身材高大的仆人，他穿着一身非常古朴典雅的制服。我们走进门来，大厅精致古雅，映入眼帘的是祖传的盔甲制服、蒂罗尔猎人的战利品、古代伯爵的战袍——这一切无不唤起阿梅莉亚对贵族和浪漫传奇的想象。所有的一切都将原封不动地出售，祖宗们也会被纳入估价。

我们穿过接待室。这些房间高大、迷人，有秀气的廊柱和古朴的圆顶拱门，视野绝佳，透过那些优美的罗马式窗户看出去，风景更显壮丽。查尔斯爵士已经下定决心。"我一定要买下来！"他大声嚷道，"这就是给我准备的地方！塞尔登，呸，塞尔登就是一个现代垃圾！"

"我们能见到高贵的伯爵吗？"

穿制服的仆人有几分傲慢，他会询问他的殿下。查尔斯爵士递上他和范德瑞夫特夫人的名片。这些外国人知道，在英国，头衔就意味着金钱。

他猜得没错。两分钟后，伯爵来了，手里拿着我们的名片。这是一个长相英俊的年轻人，胡子又黑又长，典型的蒂罗尔人的样子，他穿着一件改良过的非常绅士的民族服装。他就像一个猎人，手里的锥形帽一侧插着常见的雄松鸡羽毛，显得很活泼，奥地利人都时兴这种打扮。

他挥手叫我们就座。我们坐了下来，他和颜悦色地对我们用法语说他的英语不好。他说，我们可以说英语，他完全能听懂，但若要他回答我们的话，要是我们不介意，他希望说法语或者德语。

"那就法语吧。"查尔斯回答，接下来的谈判就是用法语了。除了英语和祖传的荷兰语，法语是我大舅子唯一能勉强说几句的语言了。

我们对这里的优美风光大加赞赏。伯爵听得容光焕发，脸上流露出十足的民族自豪感。真的，这里真是非常、非常的美丽——这绿树成荫的蒂罗尔。他对此感到非常自豪，并深深地依恋。可是，他也能忍痛出售祖辈的遗产，因为他在萨尔茨卡默古特还有更富足的家业，因斯布鲁克附近还有落脚处，而他把蒂罗尔的家产卖掉是因为这里缺少一样东西——大海。他钟情于游艇，所以他决心把这里卖掉，毕竟，在维也纳有三处乡村别墅、一艘船、一座豪宅，让人舒服地居住，已经绰绰有余了。

"没错。"查尔斯回答,"要是我能与你在这个美妙的房产上达成协议,我愿意把我在苏格兰高地上的城堡卖掉。"他努力做出一副高傲的样子,就像苏格兰族长在对着族人高谈阔论。

然后他们开始谈起生意来了。伯爵是那种跟他谈生意会让你很愉快的人。他太有风度了。我们跟他谈话的时候,一个粗鲁的管家或者看门人,或诸如此类的,出其不意地走进房间,跟他说起德语来,我们一个字都听不懂。他对这个脸色阴沉的侍从所表现出来的气度不凡的文雅和宽厚,实在让我们折服。显然,他在跟这个人解释我们是谁,并以一种很温和的方式责怪他打断了我们的谈话。这个管家明白了,显然他对自己的无礼感到抱歉,说了几句话后他就出去了。他走的时候还鞠了一躬,用他自己的语言礼貌地致意。伯爵转过身,微笑着对我们说:"我们这里的人就像你们苏格兰农民一样——心地善良、活泼,热爱音乐,富有诗意,但可惜,他们对陌生人缺乏修养。"要是真像他说的那样,他肯定就是一个例外,因为从我们一进门起,他就让我们感到仿佛回到了家一样温馨。

他很直率地报了个价。他在梅拉诺的律师带来了必要的材料,会安排跟我们谈具体事宜。我得说,这真是一笔不小的数目——高得离谱;不过毋庸置疑的是,一座好城堡,他得卖一个好价钱。"他会把价格降下来的。"查尔斯说,"在所有交易中,第一个报价总是试探而已。他们知道我是富豪，人们觉得富豪肯定是印钞机。"

我可以补充一句，人们总是觉得从百万富翁身上榨出钱来比从普通人身上更容易，事实恰恰相反，要不然他们怎么能积攒下数百万的财富呢？他们不是自动渗出树胶的树，不会分泌黄金，他们更像是吸墨纸，把墨水吸干，很少再吐出来。

第一次会面依然算是满意的，谈判结束后我们驱车返回。价格的确是太高了，但是初步的计划安排好了，接下来的就是，伯爵希望我们与他在主街，劳本大街上的律师商谈所有的细节问题。我们打听了这些律师的情况，都是相当体面和备受推崇的人，他们已经为这个家族连续七代人的各种事务提供服务。

他们向我们展示了城堡的平面图和地契。一切都准备就绪，谈判非常顺利，最后卡在了价格上。

说到价格，律师们却是一点都不妥协的。他们坚持伯爵第一次的报价，这真的是一笔非常大的数目。我们磕磕绊绊谈得一点都不顺畅，最后查尔斯都生气了，他终于发火了。

"西摩，他们知道我有钱。"他说，"他们就开始玩老掉牙的把戏来忽悠我。但是我不会上当的。除了克莱上校，这世界上还没有谁能敲诈我呢。我会让自己任人宰割吗，就好像这里纯净山野间的小羚羊？想都别想！"接着，他静静地琢磨了一会儿。"西摩。"最后他若有所思地说,"问题是,这里真是纯净的吗?你知道,我现在开始觉得这世上没有什么东西是天真无邪的。这个蒂罗尔伯爵清清楚楚地知道每一英镑的价值,就好像他在英国或者金伯利待过一样。"

事情就这样拖了一两个星期,毫无进展。我们砍价,律师们坚持原价。查尔斯爵士后来对这桩愚蠢的生意有点厌烦了。就我而言,我觉得如果这高贵的伯爵不加快进度的话,我这位可敬的亲戚马上就会对蒂罗尔整个儿彻底嫌弃了,坐落在山崖上的城堡再可爱,他也会无动于衷的。可是伯爵没有看到这一点。他到我们下榻的酒店来了,孤傲的蒂罗尔贵族屈尊这样对待陌生人,可真是难得。但是当谈到立本斯坦城堡的时候,他依然丝毫不让步,一个子儿都不肯少。

"您误会了。"他骄傲地说,"我们蒂罗尔绅士不是开杂货铺的,也不是搞批发的。我们不讲价,我们说一不二。您要是奥地利人的话,我会把您鲁莽的砍价行为视作对我的羞辱。但既然您是来自一个商业大国……"他打住话头,哼了一声,同情似的耸了耸肩。

我们看到他好几次驾车进出城堡,每一次他都朝我们风度翩翩地挥手。可一旦开始谈价钱,就总是这样:他藏到那副蒂罗尔贵族皮囊后面去了。我们要么买,要么走人,立本斯坦城堡还是立本斯坦城堡。

律师们也让人糟心。我们使出了浑身解数,依然没有进展。

最后,查尔斯火了,撒手不管了。如我所料,他感到厌烦了。"这是我这辈子见过的最漂亮的地方。"他说,"不过,真是岂有此理,西摩,我不会再上当了。"

于是,他下定决心返回伦敦。现在已经是十二月了。第二天我们见到了伯爵,我们拦下他的马车,跟他说了这事儿。查尔斯觉得这个决定应该起到立竿见影的效果,让伯爵理智起来。结果伯爵只是扬了扬他的雄松鸡羽毛帽子,给我们一个和蔼的微笑。"卡尔大公问起了这事。"他答道,就不由分说地扬长而去了。

查尔斯说了些狠话,我就不转述了(我是个居家男人),然后就返回英国了。

在接下来的两个月内,阿梅莉亚整天都遗憾伯爵没把立本斯坦城堡卖给我们,此外就没听到她说别的。那些小尖塔已经深深击中了她的心。说也奇怪,她竟然对那城堡迷得如此神魂颠倒。她在那里的时候就很想要那城堡,而且她觉得肯定会得到,现在她认为得不到了,但她的整个灵魂(如果她有灵魂的话)都为之倾倒。

而且,凯萨琳娜的一番话更刺激了她的欲望。凯萨琳娜婉言相告,说她在酒店吧台上听来的,伯爵压根儿就不想把他的祖产卖给一个南非钻石大王,他觉得,从家族荣耀着想,至少要找一个有良好背景、家世渊源的富贵买家。

不过,二月里的一个上午,阿梅莉亚从海德公园骑马回来时,喜笑颜开的。（她已经报名参加骑马课来减肥。）

"你们猜，我在公园骑马时看到谁了？"她问，"天哪，我看到立本斯坦伯爵了。"

"怎么可能！"查尔斯大吃一惊。

"真的呢。"阿梅莉亚说。

"你肯定是搞错了。"查尔斯大声说。

但阿梅莉亚一口咬定就是看到了。而且，她还派人到伦敦的律师那儿去殷勤地打听，在劳本大街上的英国律师们给我们提过那些律师的名字。我们就像在打听朋友的下落一样，而她的线人也的确带来了可靠消息，伯爵确实在城里，并住在莫利。

"我明白了。"查尔斯叫道，"他发现自己犯了个错误，现在主动来这儿重新谈判。"

我完全赞成小心行事，等伯爵先采取行动。"别让他看出你很着急。"我说。但是阿梅莉亚的热情现在是难以抑制的。她一定要查尔斯去拜访伯爵，只是感谢他在蒂罗尔时对我们的客气相待。

他跟以前一样风度翩翩。他喜笑颜开地跟我们谈论伦敦的种种雅趣，并且很乐意第二天晚上与查尔斯爵士一起吃饭，同时他也很谦恭地表达了对范德瑞夫特夫人和温特沃斯夫人的问候。

他跟我们一起吃饭,差不多就像家人一样。阿梅莉亚的厨艺棒极了。

深夜，在台球室，查尔斯又重新提起了那个话题。伯爵真的被打动了。他很高兴地看到，尽管这个五百万人口的大城市有种种诱惑，我们依然还惦记着他心爱的立本斯坦城堡。

"来见我的律师吧。"他说，"明天，我会跟你们好好谈谈。"

我们去了，那是南安普顿街上最有声望的律师行，都是老家庭律师了。他们已经为已故伯爵处理了很多业务，已故伯爵是从他在爱尔兰的祖母那里继承的遗产；而且他们也很高兴有幸得到他的继承人的信任，很高兴能结识像查尔斯·范德瑞夫特爵士这样的金融大亨。他们紧张地搓搓手，想把事情安排得妥妥当当，大家都满意。要知道，这可是两个资本大家的融合呢。

查尔斯报了一个价，交给他的律师。伯爵报了一个更高的价，不过比之前低了一些，然后他就交给律师们处理了。他是一个军人、绅士，宁愿把细节扔给生意人去处理，他说着，以一种蒂罗尔人的方式扬了一下头。

我真的很想告诉阿梅莉亚，第二天我在莫利台阶上偶然碰到了伯爵。（这么说吧，对他而言很偶然，但我一直在特拉法加广场闲逛了半个小时找他。）我很谨慎地解释道，我对查尔斯爵士颇有影响力，然后一个词儿从我嘴里冒了出来——我破产了。他茫然地盯着我。

"佣金？"最后，他露出一个奇怪的微笑，问道。

"嗯,不完全是佣金。"我有点畏缩地回答,"你知道,礼尚往来。"

他好奇地从头到脚把我打量了一遍。有那么一会儿,我怕他内在的蒂罗尔贵族会站起身来采取什么行动。但是紧接着,我就明白了,查尔斯说得没错,天真无邪早就从这个世界上消失了。

他说了个最低价。"温特沃斯先生,"他说,"我是蒂罗尔庄园主,我不沾什么回扣之类的东西。但考虑到你跟查尔斯爵士的关系——我们都心知肚明,对吧?男人之间的事儿——可以给你表达一点感谢——当然,不是现金——今天你劝他开的价的百分之五,以等值的珠宝形式——怎样?"

"通常都是十个点。"我嘟哝了一句。

他又变回了那个奥地利骑兵样儿了。"五个点,先生,要么一分也没有!"

我鞠了一躬,妥协了。"好吧,那就五个点。"我回答,"谨遵阁下的意思。"

毕竟,一个秘书可以做很多事。一开始,有阿梅莉亚的煽风点火,还有伊莎贝尔和凯萨琳那的后援,我轻轻松松就让查尔斯爵士接受了伯爵更合理的提议。南安普顿街的人又掌握了一些关于波尔多市场葡萄酒价值的信息,问题就这样解决了,一两周内一切手续就会办妥。查尔斯和我与伯爵约在南安普顿街会面,我们看着他签字、盖章,最后把立本斯坦城堡的地契交给我们。

我的大舅子把买城堡的钱交到伯爵手里，用的是支票，通过伦敦一家一流的事务所，伯爵在那里开了账户。接着，他就得意地走了，他现在已经是立本斯坦城堡的主人了。对我来说更重要的是，第二天，我收到一张邮寄来的支票，百分之五的回扣，不过已在同一家银行签发，收款人是我的名字，还有伯爵的签名。他在附言里解释说，现在事情处理得很圆满，他觉得没有理由不直接给我现金。

我马上取现了，没有对任何人提及此事，就连伊莎贝尔也没告诉。我的经验是，涉及佣金、提成之类的复杂事情，女人都不可信。

虽然现在是三月下旬，查尔斯坚持认为，我们必须马上前去，接手我们宏伟的蒂罗尔城堡。阿梅莉亚几乎燃烧着同样的渴望。她已经摆出一副公爵夫人的架子了。我们搭乘东方快车去慕尼黑，然后从布里纳去梅拉诺，接着下榻约翰大公爵酒店。尽管我们已经发了电报告知我们会去城堡，也预料到会有一些混乱，一切的发生都是如此的突然。第二天早晨我们驱车前往城堡，快乐地从我们的葡萄树和无花果树下驶过。

我们在门口碰到了那个无理的管家。"我要炒了这个家伙。"查尔斯以立本斯坦城堡主人的口气喃喃道，"他那副木讷样子我真看不惯。从没见过那么粗鲁的人，一点儿欢迎的微笑都没有！"

他走上台阶。那个粗鲁的人走上来，用德语念叨了几句粗话。查尔斯没搭理他，大步流星地往前走。接下来发生了双方彼此误会的一幕，真让人着实费解。那个粗人激动地招呼着他的仆人来赶走我们。过了好一会儿，我们才明白过来，这个粗人才是真正的立本斯坦伯爵！

那么，长胡子的伯爵是谁？这会儿，我们恍然大悟，又是克莱上校！这回比以前更放肆！

事情的经过一点点地弄清楚了。我们第一天来看这里的时候，他就跟在我们后头，跟那些仆人说他跟我们是一起的，并跟着我们一起进了接待室。我们问真正的伯爵，为什么他要跟外人说话。伯爵用法语解释道，那个小胡子男人说他是我们的陪同和翻译，同时也跟他介绍了我的大舅子，了不起的南非富豪。还有，他频繁地在梅拉诺跟真正的伯爵及其律师见面，几乎天天都去城堡。城堡的主人一开始报了一个价，并且坚持，他也就坚持这个价格，要是查尔斯爵士接受这个价格，他会拥有城堡。不过，伦敦的律师是怎么上当的，伯爵一点儿都想不通。伯爵对此事很遗憾，同时也冷冷地向我们道了一声"再见"。

现在无计可施了，我们只好垂头丧气地返回约翰大公爵酒店，接着向伦敦警方发了电报，告知详情。

查尔斯和我赶紧回到英国去追那骗子。在南安普顿街，我们发现那个律师事务所没有半点愧疚，相反，他们还对我们生气，认为我们欺骗了他们。一个骗子用立本斯坦城堡的信笺写了封信从梅拉诺发给他们,说他要来伦敦跟著名的富翁查尔斯·范德瑞夫特爵士商谈城堡以及周边物业出售事宜,还说查尔斯爵士已经确认他就是真正的立本斯坦爵士。律师事务所从来没有见过真正的伯爵,由于查尔斯爵士确认了对方,他们就完全相信了这个骗子的话。

他带了最高明的伪造证件——原件的仿制品。作为我们的陪同和翻译,他自然会抓住一切机会在梅拉诺的律师那里审查材料。这个阴谋真是太绝了,诡计得逞了,真让人叹为观止。然而,这一切都建立在一个小小的前提下,那就是,我们把在城堡大厅里遇见的那个长胡子的男人视作了立本斯坦伯爵。

他进来的时候,就把我们的名片握在手里,那个仆人并没有递给他,而是呈递给了真正的伯爵。在整个事件中,这个谜团尚未解开。

到了晚上,在查尔斯爵士家里,我们收到了两封信,一封是给我的,另一封是给查尔斯的。给查尔斯爵士的信内容如下:

高贵的废物:

> *我真是险胜啊!一个小失误差点就让我前功尽弃!那天,我觉得你是要去普兰塔城堡,而不是立本斯坦城堡,谁知你中途改变了主意。这就有可能把一切都搞砸了。幸好我看出来了,赶紧抄近道过去,匆匆忙忙赶到门口,比你们先*

到一步。然后我介绍了自己。但是有一刻很危险,我冒名顶替的那人闯进了房间,不过幸运垂青勇者:你对德语一窍不通,我就得救了。接下来一切都顺理成章了。

现在,请允许我为您的各种可爱的支票献上一点小小的回报,给你一个有用而珍贵的礼物——一本德语词典,语法和短语书!

吻您的手。

不会再露面的立本斯坦伯爵

另一封信是给我的,内容如下——

亲爱的文特沃斯先生:

哈哈哈!不管怎么说,一切都完美地结束了。现在,我拿住你了。上帝把你送到我的手中,亲爱的朋友,还是你自己送上门的。我手上有你签准的支票,在我的银行兑现,可以说,这是你将来的良好表现的保证。

要是你一旦认出我来,把我出卖给那个严肃的老家伙,你的老板,你得记住,我会把这张支票,连同你,都交给他。现在,我们达成谅解了。我都没想到这个小把戏,是你自己想出来的。不过,我欣然接受。我付给你一点点回扣,作为你将来闭嘴的保证,这不是很值得吗?你现在守口如瓶了,而且，价格低廉。——你的，亲爱的骗子联盟同志。

卡斯伯·克莱上校

查尔斯放下他的信，愤愤地问："西摩，你的信写的什么？"

"是女人写的。"我回答。

他满脸狐疑地盯着我，说："噢，我想这出自同一人之手。"他简直要把我看穿了。

"不。"我回答，"是莫蒂默夫人的来信。"不过我承认我浑身都在发抖。

他踌躇片刻，深深叹了一口气，接着说："你在这家伙的银行那里都问周全了吗？"

"哦，是的。"我赶紧说，（我已经把那边处理好，你可以肯定，我生怕他会发现回扣的事。）"他们说那个自称立本斯坦伯爵的人是南安普顿街的人介绍过来的，跟平常一样，支取了账上的钱，他们压根儿就没有起疑心。你知道，像这样一个满世界行骗的混蛋，带着各种有效证件，他们的，你的，自然谁都能忽悠得了。银行根本就没有对他的身份进行正式认定。律师事务所也是。他来付钱，而不是取款。还有他只是两天后才取钱，说他要赶着回维也纳。"

他会问详细经过吗？我得说现在我觉得很尴尬。不过查尔斯现在忙着对他打水漂的钱懊悔不已。他靠在安乐椅里，双手插在衣兜里，两条腿伸直了放在面前的壁炉围栏上,一副彻底绝望沮丧的样子。

过了一两分钟,他捅了捅炉火,若有所思地说:"西摩,这人真是个天才啊!天哪,我真佩服他。我有时候想……"他说了一半有点犹豫了。

"怎么了,查尔斯?"我问。

"我有时候想……要是我们把他弄到我们克卢蒂德普-戈尔康达公司的董事会来,强强联合,我们会大放光彩!"

我从座位上站起来,认真地盯着我那昏了头的大舅子。

"查尔斯,"我说,"你现在是气晕头了。克莱上校一次次地践踏你的聪明才智。有一些话,不管多么真,任何自尊自重的金融家绝不会对最亲密的朋友和信任的顾问讲的,哪怕是在自己私密的房间中。"

查尔斯完全崩溃了。"你是对的,西摩。"他哽咽着说,"太对了。原谅我失态了。不管怎么样,情绪冲动的时候,总会吐露点真话。"

我对他此时的虚弱报以敬意,都没有趁机要求他给我涨一点点薪水。

戴维·格兰顿阁下的游戏

　　八月十二日,跟往常一样,我们在罗斯郡的塞尔登城堡。照查尔斯那种不安分的性格,十一日的早晨不管晴雨,他都一定要离开伦敦,他不管下议院是否还在开会,完全无视最急迫的"三线鞭令",十二日的黎明时分,他一定要出现在自家的荒野上,在法律许可的最早时分,使出浑身力气打鸟狩猎。

　　他打猎就像索尔一样肆意屠杀,抑或像戴维一样,他把家里所有枪都带来了,射杀无数。最后猎场看守都警告他,猎杀的松鸡已经够多了。然后,他觉得完成了这个任务,就大获全胜地奔去布莱顿、尼斯、蒙特卡洛或者其他地方了。他一定要"在路上"。我想,他死了以后都不会在坟墓里好生待着,他的鬼魂肯定要满世界地跑,去吓唬老太太们。

"在塞尔登,"他一边走进卧铺,一边叹了口气说道,"至少,我不会被那骗子敲诈!"

事实上,他已经对清点每天要穿什么衣裳感到厌倦,发现了一件财务上的事情后,就一门心思扑在上面,暂时忘了克莱上校及其同伙,忘了他们干的坏事。

我得说明,查尔斯爵士在那个夏天拿到了一个非常有优势的期权,在非洲的某个地方,德兰士瓦边界,谣传那里有金矿。现在,不管那里有没有金矿,事实就是查尔斯已经获得了矿区购买权,所以那里自然就含有金矿。这是因为,还没谁比查尔斯·范德瑞夫特更有点石成金的好手气:不管他碰过什么,即使不是变成钻石的话,也至少能马上变黄金。因此,一旦我的大舅子从当地的卖家(一位非常受人尊敬的首领,名为蒙特索亚)那里获得这个购买权,并且成立了一个自己的公司来采矿,他在那个地区的主要竞争对手,克雷格·拉奇(原名戴维·亚历山大·格兰顿爵士)马上就拿下了邻近地带的一个期权,那里的很大一片地跟查尔斯爵士优先购买权拿下的土地地质条件完全一样。

最后的结果并没有让我们完全失望。一两个月后,我们还在塞尔登时,收到了一封鼓舞人心的长信,是现场的勘探人员给我们发来的,他们一直在那块地上搜寻金矿矿脉。他们说，已经在一个角落发现了一个含金量颇高的金矿脉，从平洞口可以进入，不过，不幸的是，这个矿藏只有几码是在查尔斯的地界内，其余都延伸到了当地人称呼的克雷格·拉奇那里。

不过，我们的勘探员很机灵，他们说，虽然小格兰顿先生同一时间也在找矿，而且就在同一座山上，距离他们并不太远，他的矿工却没有发现这个含金石英脉，我们的人对找到矿的事儿守口如瓶，只让查尔斯来定夺。

"你能对分界线提出异议吗？"我问。

"不能。"查尔斯回答，"你看，这个分界线是子午线，不能越过这条线，不能装作不知道。你可收买不了太阳！这些仪器可不受贿！再说了，还是我们自己划的分界线。我们只有一条路可走，西摩，就是合并！合并！"

查尔斯真是个奇才！他喃喃地说出那个幸运的字眼儿"合并"，那声音听上去就像诗一样美。

"资本的合并！"我回答，"别声张这事儿，就只是跟克雷格·拉奇联手干。"

查尔斯思虑重重地闭上一只眼睛。

就在这同一天晚上，我们在那边的总工程师发来一封密电说："小格兰顿已悄悄溜回家。我们怀疑他可能全都知道了,不过我们并没有跟任何人吐露实情。"

"西摩,"我的大舅子突然激动地说,"我们没有时间可浪费了。我们必须今晚就写信给戴维爵士——我的意思是,给我的地主。你知道他现在在哪儿吗?"

"两三天前的晨报说他在拉奇峡谷。"我回答说。

"那我就请他过来和我一起解决这个问题。"我的大舅子接着说,"他们说那是一个含金量丰富的矿脉,我必须要搞到手!"

我们回到书房,查尔斯写了封信给竞争对手,我得说,这封信措辞极为明智而审慎。他指出,那个地方的矿产资源可能非常丰富,但是尚未探明,而且碎石和碾磨的费用高得让人望而却步,另外燃油价格不菲,运输也非常困难。那地方很缺水,而且水资源掌握在我们手里。两个相互竞争的公司,如果都找到了矿石,他们完全可以通过造两个熔炉和两个抽水站,并且把分开的两条水流引到现场,这样可以切断对方的咽喉,会引起对方反击。简而言之,用一个美妙的字眼儿来说,"合并",最终会胜过竞争。他还建议,至少可以就此事进行一次商谈。

我替他把这封信誊写下来,查尔斯爵士带着一种克伦威尔的气度,签上了自己的名字。

"这封信很重要,西摩。"他说,"最好寄挂号信,以免落入歹人之手。别给多布森,让凯瑟琳娜坐双轮马车去福利斯寄。"

塞尔登的缺点就是我们离火车站有十二英里,不过我们可以看到苏格兰最美丽的峡湾。

凯瑟琳娜照吩咐去寄信了,这个姑娘真是一个难得的仆人!同时,我从第二天的《晨报》上得知,小格兰顿已经偷偷领先我们一大步了。他已经乘车抵达(我们发的信也是搭那一趟车),并且马上在拉奇峡谷跟他父亲开始合作。

两天后,我们收到一封措辞非常客气的回信,表达了不同的立场。信的内容如下:

克雷格·拉奇·洛奇

拉奇峡谷,伊凡尼斯郡

亲爱的查尔斯·范德瑞夫特爵士,感谢您二十号的来信。作为答复,我只能说我完全赞同您的良好愿望,即我们不允许任何有损我们两家公司利益的事情在南非发生。至于您提议面谈,讨论合并事宜,我只能说,我家里现在很多客人——我想您也是宾客盈门吧——所以我现在没法离开拉奇峡谷。不过,幸运的是,我儿子戴维现在刚从金伯利回来,准备在家里度过一个短暂的假期。他会非常乐意去听听您的计划。

的确，在某种程度上，您的那个计划对我来说也非常理想，对我们双方同样的期权来讲都是很好的。他明天下午就会抵达塞尔登,我已授权给他,他全权代表我和其他理事进行谈判。亲爱的查尔斯爵士，我且向您及其妻儿致以最诚挚的问候。

您忠实的

克雷格·拉奇

"狡猾的老狐狸！"查尔斯爵士哼了一声，大声说道，"我纳闷他现在到底想干吗呢？西摩，他似乎跟我们一样急着合并呢。"突然一个念头从他脑海里冒了出来。"你知道吗，"他抬起头，大声说，"我真的觉得我们两家都面临相同的处境了。他们一定找到了那条延伸到我们地界里的矿脉，而那个可恶的老狐狸想诈我们！"

"就像我们也想诈他一样。"我斗胆冒了一句。

查尔斯死死地盯着我。"嗯，要是这样，我们双方都走运了。"他踟蹰片刻，小声说，"但是我们跟他们联手后就会知道他们的矿藏情况，之后再把我们的展示给他们。不管从哪方面来看，这都是桩好买卖，不过我必须谨慎，再谨慎。"

"烦死了！"我们把这事告诉阿梅莉亚，她大叫道，"那样我还得给那人安排住宿——肯定是个又脏又瘦，傻兮兮的苏格兰人。"

星期三下午，三点左右，小格兰顿到了。他是一个很轻松活泼的年轻人,一头红发,满脸络腮胡,跟他的父亲一点都不像,不过奇怪的是,他居然是顺便到访,并没有带上行李。

"咦,你肯定今晚不回拉奇峡谷?"查尔斯惊奇地叫起来,"范德瑞夫特太太会大失所望了!另外,我们的业务不能在火车上谈,你觉得呢,格兰顿先生?"

小格兰顿露出一抹赞同的微笑——机智,却不张扬。

"哦,不。"他直率地说,"我没打算回去。我已经在旅馆里住下了,我妻子跟我一起来的,你知道——而且,我也没有被邀请。"

我们把这事儿告诉了阿梅莉亚,她觉得,那个戴维·格兰顿不会在塞尔登停留,因为他是一个贵族公子,而他在南非娶了个不登大雅之堂的年轻女子。查尔斯则觉得,作为竞争对手的代表,他已经在旅馆里安排好住宿,也许是因为到竞争对手家里做客会让他觉得不自在,我则认为,他已经听说了城堡的事情,并且打听到这个城堡是苏格兰最乏味的乡村别墅。

不管什么原因,小格兰顿坚持要住在克罗莫地阿慕斯旅馆,但是他告诉我们要是范德瑞夫特夫人和温特沃斯太太打电话邀请他的妻子前来,她会非常高兴。于是我们就跟他一起去邀请尊贵的格兰顿夫人,前往城堡喝下午茶。

格兰顿夫人是个非常美丽娇小的姑娘,腼腆害羞,但绝非不登大雅之堂，她可是淑女。她每说完一句话就咯咯笑，格兰顿夫人有点轻微的斜视，仿佛是在示意她那些不着调的俏皮话似的。她对南非以外的世界知之甚少，但是关于南非，她竟能侃侃而谈，尽管她的眼睛有点斜视，但她的质朴单纯赢得了我们所有人的喜欢。

第二天上午，我跟查尔斯与小格兰顿就我们互为竞争关系的期权进行了一番常规磋商。我们谈论的尽是氰化工艺、反射炉、本尼威特、水套等专业上的东西。不过我们很快就明白了，我们的朋友戴维·格兰顿阁下，尽管一头红发，举止天真，他对这些的确略通晓一二。他有礼有节地让我们渐渐看到，克雷格·拉奇勋爵为了公司的利益派他来，但他却是为了自己的利益而来。

"查尔斯爵士，我只是父亲的次子。"他说，"因此，我得为自己做打算。我知道那块矿区的事儿。在这件事上，我的父亲绝对会受我建议的引导。我们都是见过世面的人了。现在，让我们公事公办吧。你想要合并，当然了，要是你不确信可以从我父亲的公司获利，你是不会这么做的。这么说吧，在我们的地上有矿脉，这就是你希望通过合并获得的好处。非常好，我可以成全你的计划，也可以毁了它。要是你愿意给我酬劳以促成此事，我会说服我的父亲和他的理事们来合并。总之，要是你不这样做，我也不会去游说。"

查尔斯用钦佩的目光看着他。

"年轻人,"他说,"依你的年纪,你真是老练啊,很老练。这是直率呢,还是骗人呢?你说话算数吗?或者,你怎么知道合并对你父亲来说合适,对我来说也合适?你还打算瞒着我吗?"他捋了捋下巴,继续说道,"要是我知道答案的话,我就晓得怎么对付你了。"

小格兰顿又笑了,答道:"查尔斯爵士,您是一位金融家。我在想,在您这个年龄,您真该停下来问问另一位金融家,他所做的,是在中饱私囊呢,还是在为他父亲谋利。不管我父亲有什么,最终都落到了他的大儿子手里,而我,只是他最小的孩子。"

"论理,你说的没错。"查尔斯非常真切地回答他,"非常稳妥,非常明智。但是我怎么知道,你没有事先就像这样跟你父亲谈好了呢?你完全可以先吃准了他,再来忽悠我。"

这小伙子摆出一副率真的神情。"您看,"他凑上前来说,"我给您提供了这个机会,接不接受随您。在合并这件事上,您愿意就我父亲期权的净收益,以适当的佣金形式,来购得我的帮助吗?"

"那就五个点吧。"我试探性地提议,表明我还在场。

他的目光简直要把我整个人都刺穿了。"通常都是十个点。"他答道,异样的目光,异样的语调。

天哪,吓得我都瘫了!我知道他的话是什么意思。那是我亲口对克莱上校说过的话,那时他还是"立本斯坦伯爵",我在跟他谈购买城堡款项的事，用的就是这种口气。我现在算是看透了。那张可恶的支票！这就是克莱上校，而且他已经买通了我，让我闭嘴帮他，否则就揭发我。

我吓得不寒而栗。我根本就不知道该怎么回答他了。那次会面接下来的情况，我真的讲不出来了。我的大脑一阵眩晕，只恍恍惚惚听到几个"燃料"还有"还原工程"之类的词儿。我到底该怎么办啊？要是我把我怀疑的事儿告诉查尔斯，现在还仅仅是怀疑，那个家伙也许真的会针对我，抖出支票的事，那我就彻底完蛋了。要是我不说，我就有可能被查尔斯认为是克莱上校的帮凶和同伙。

这次会谈持续了很长时间。我几乎不知道自己是怎么熬过来的。最后，小格兰顿心满意足地走了，如果他真是小格兰顿的话。阿梅莉亚还邀请了他们夫妻俩来城堡吃饭。

不管怎么说，他们也还是商业伙伴。小格兰顿夫妇在克罗莫地阿慕斯旅馆逗留了三天多。查尔斯跟他不停地辩论和讨论。在这件事情上，他没法迅速下定决心，我当然也帮不了他。我这辈子从来没有处在这样一种尴尬的困境中，只能尽我所能地保持严格的中立。

我们后来发现，小格兰顿是一个非常随和的人，而他的南非妻子则胆小单纯。她很天真，很惊讶阿梅莉亚从来没有在德班见到过她的妈妈。她俩谈得很愉快，分享了很多有趣的故事——大多数都是在贬损克雷格·拉奇那边的人。而且，戴维阁下还是一个游泳健将。他跟我们坐船出去,一个猛子扎进水里,就像一头海豹似的。我们告诉他查尔斯和我谁都不会划水时,他就热切地想要教我俩游泳,他说,那是每个真正的英国人都应该会的技能。但是查尔斯讨厌水,至于我呢,任何体育项目我都不喜欢。

不过,我们乐意他跟我们在峡湾上划船,就约定好,第二天傍晚请他夫妻俩来,我们四个人一起出游。

那天晚上,查尔斯一脸凝重地走进我的卧室,低声说:"西摩,你注意到了吗,你有没有看到什么,有没有起疑心?"

我浑身抖得厉害,觉得一切都要完了。"对谁起疑心?"我问,"不会是辛普森吧?"辛普森是查尔斯的贴身侍从。

我尊敬的大舅子不屑地看着我。

"西摩,"他说,"你在逗我玩吗?不是,不是辛普森,是这两个年轻人。我觉得,他们就是克莱上校和皮卡尔夫人。"

"不可能!"我喊道。

他点点头说:"我肯定就是。"

"你怎么知道的?"

"凭直觉。"

我抓住了他的胳膊,几乎是在乞求他:"查尔斯,别冲动。别忘了你在波尔佩罗博士的事儿上是怎么被那些傻瓜嘲笑的。"

"我也想到了这个。"他回答,"我打算核实一下。"(在苏格兰,作为塞尔登城堡的主人,查尔斯喜欢穿衣打扮说话都准确一些。)"明天头一件事我就是发电报去拉奇峡谷问明白,我要弄清楚这个人是不是真的小格兰顿,同时,我还要仔细提防此人。"

于是,第二天清早,查尔斯就派人骑马带着一封电报去发给克雷格·拉奇勋爵。他骑马到了福利斯,立即发了电报,接下来就是等回音了。与此同时,克雷格·拉奇勋爵完全有可能在电报抵达洛奇前就已经出发去荒野了,所以我并不指望在晚上七八点前就能看到回复。同时,我们是不是在跟真正的戴维·格兰顿打交道,这一点还不确定,所以有必要对我们友好的对手客气一点。经历了波尔佩罗那件事情,我俩都很清楚,过度热切可能比毫无热情更危险。不管怎么样,有了前车之鉴,我们现在更密切地关注此人,我们确定,这一次,至少,他骗不了我们,也逃不掉。

大约四点,红发青年和他漂亮的小妻子到访,她是那么可爱,她眯缝起眼睛的样子也是那么迷人,真让人不敢相信她怎么能如此单纯天真。她跌跌撞撞地走到塞尔登的船屋,查尔斯走在她的身边,她起劲儿地咯咯笑着,眼睛也斜着瞅人,然后扶她丈夫上了小艇。就在这当儿,查尔斯挨近我低声说:"西摩,我是老手了,我可不会上当。我一直在跟这姑娘聊天,我敢发誓,这姑娘是清白的。她就是个可爱的小女人。在小格兰顿这件事儿上，我们也许完全弄错了。不管怎么样，眼前保持礼貌总是对的。一个重要的期权啊！如果那真是他，我们也不要打草惊蛇，不要让他知道我们在怀疑他。"

的确，我已经观察到了，格兰顿夫人从一开始就深得查尔斯的欣赏。有一件事他说对了。她那种胆小腼腆流露出一种不可否认的魅力。就连她轻微的斜睐眼也显得那么俏皮。

我们划到了河口，或者，更准确地说，是格兰顿夫妇俩在划船，我和查尔斯就坐在船尾，靠着舒服的垫子。他们划得又快又好。不过几分钟，他们就绕过了河口，伦敦风的塔楼完全看不到了，矫揉造作的塞尔登城堡城墙也看不到了。

格兰顿太太在划桨，即便这时，她还时不时偷偷向查尔斯爵士投过腼腆的一瞥，她咯咯笑个不停，有点大胆，又有点害羞，就像一个在校女生在勾引她爷爷辈儿的人似的。

查尔斯爵士受宠若惊，女性的青睐很容易让他忘乎所以，那些年轻的、天真淳朴的女性的关注尤其让他飘飘然。这个世界上的女人心计，他是太了解了，可是一个漂亮的、天真无邪的小丫头就能让他乖乖听话。他们一直往前划，快到了海鸥岛。这是一片嶙峋的碎石孤岛，远离陆地，朝向陆地的一面荒凉险峻，朝海的一面有缓缓的斜坡。这个岛也许方圆一英亩，在这个季节，陡峭的灰崖上覆盖着大片大片的红缬草。"啊，多美的花儿啊！"她扭过头望着那些花儿，"我好想采一些啊！我们上岸去采一点吧。查尔斯爵士，我要你给我采一束，我要放在客厅里。"

查尔斯天真地站起身来，就像一条鲑鱼去扑苍蝇一样。

"没问题，小丫头，我、我很喜欢花。"这话就是花言巧语了，但是管用呢。

他们把船划到了更远的一面，到了最东边才靠岸。我忽然觉得不对劲，好像他们来过这里似的。接着小格兰顿很轻松地跳上了岸，格兰顿夫人也跟着跳了上去。我和查尔斯生怕船翻了，战战兢兢地踩着船板。我们笨手笨脚地跟在他们后面的样子，我承认，真是让我有点难为情。这个单纯的小丫头飞过船舷，就像"白杜鹃"一样！不过，我们最终还是安全上岸了，然后开始攀岩，去采缬草。

谁能料到，接下来的一幕让我们多惊讶！只见这两个年轻人马上猛地跳回了船上，欢快地哈哈大笑着又划走了船，把我们留在岸上，朝他们干瞪眼！

他们划走了大约二十码，进入到深水区，这男子转过身，朝我们彬彬有礼地挥挥手，说："再见！再见！祝愿你们能采到一大把花！我们要走了，去伦敦！"

"要走了？"查尔斯吓得脸都白了，大叫道，"要走了！你什么意思？你不会是说要把我们扔在这儿吧？"

年轻人风度翩翩地举起帽子，格兰顿夫人微笑着点点头，给了我们一个飞吻。"是的，"他说，"现在就走。我们不玩了，事实是，这是一个失误。"

"一个什么？"查尔斯大叫着，身上都冒汗了。

"一个失误。"年轻人露出一个体贴的笑，回答，"一个失误，你不懂吗，失策了，玩完了。我的线人告诉我，今天早晨你派专人发了一封电报给克雷格·拉奇勋爵，这说明你不相信我。喏，我的行事原则就是，一旦发现自己被怀疑了，就永远不走下一步棋。只要有一丝丝不信任，我就会打退堂鼓。只有病人有足够信心时，医生的方案才能取得满意的效果，这是医学界众所周知的规则。我不会榨干一个会挣扎的人。所以，现在，我们撤啦。再见！祝你好运！"

他离我们不过二十码远，说什么我们都能听清。只是水很深，我肯定不知道小岛下的海到底有多深，而且我们俩谁都不会游泳。查尔斯伸出双臂，一副恳求的样子，大喊："看在上帝的分上，你不会跟我说你们真打算把我们扔在这儿吧。"

见到他那又急又怕的滑稽样子，格兰顿夫人（也就是皮卡尔夫人，怎么称呼她不重要了）迸出一连串悦耳的大笑，还格外动人。"亲爱的查尔斯爵士，"她大喊道，"请你别害怕！这只是短短的拘禁。我们会派人去接你们的。亲爱的戴维和我只是需要足够的时间上岸，用来乔——哦！——乔装打扮，一点点啦。"接下来她笑着用手指了指她那亲爱的戴维的红发，还有假络腮胡，我们现在终于确定他们是谁了。她看着这些道具，吃吃地笑，此时此刻，她的举止毫无羞涩可言了。实际上，我可以大胆地说，这是一个胆大无耻的野丫头。

"这么说，你就是克莱上校了！"查尔斯爵士一边大声喊着，一边用手帕擦了擦额头。

"如果你要这样叫我。"年轻人客客气气地说，"我肯定，你真是太好心了，用女王陛下的名义为我授位。不过，时间紧迫，我们得赶紧走了，你们犯不着惊慌。一旦我和我亲爱的同伴安全了，我就会在第一时间派一艘船来接你们离开这里。"他把手放在胸口，做出一副感伤的样子，继续说道，"查尔斯爵士，我已经从你那里得到了太多无意施与的殷勤好处，给你带来的不便，我深表遗憾。我向您保证，最迟今晚半夜你就会得救了。幸好，现在的天气还暖和，看样子也不会下雨，所以，最坏的结果，就是你得暂时挨会儿饿了。"

格兰顿夫人的眼睛再也不斜视了，那不过是她先前使的小花招，她站在船上，拿出一条毯子，扔给我们。"接着！"她高兴地喊着，把毯子对折好，扔到了我们脚下。她现在倒成了施舍的人了。

"喏，亲爱的查尔斯爵士，"她说，"用这个来保暖！你知道，我真的很喜欢你呢。只要有人带你走对路的时候，你就不是一个坏坏的老男孩呢。你身上有温情的一面。对了，我还是皮卡尔太太的时候，我经常戴着你在尼斯给我的那枚漂亮胸针呢！在卢塞恩的时候，我是那个小牧师的太太，你对我的好意，我肯定会记着的啊。我们很高兴能在你引以为傲的可爱的苏格兰家中见到你！请不要害怕，我们无论如何都不会伤害你的。我们很抱歉得用这种不友好的方式来回避你。只是，亲爱的戴维——我现在还必须叫他亲爱的戴维——他依然本能地感觉到，你开始怀疑我们了，他受不了别人的不信任。他真的很敏感呢！一旦别人不相信他了，他就立马跟那个人断绝关系。现在我们要做一点必要的小小的安排离开这里，这是唯一让你们不插手干涉的法子了，我们被逼无奈啊。不过，作为一名淑女，我向你保证，今晚一定会有人来接你的。要是亲爱的戴维不管的话，我来处理。"说完，她又给了我们一个飞吻。

查尔斯又是害怕，又是愤怒，简直要疯了。"天哪，我们要死在这里了！"他大叫道，"没有谁会想到来这个岩石上找我的！"

"你不让我教你游泳，真是太可惜了！"克莱上校插嘴说，"这可是一项高尚运动，而且在这种特别的紧急情况下确实有用啊！好了，再见！我走咯！这一回你差点就得了一分，不过，在我们走掉以前，把你暂时放在这里，我敢说，我已经重新改变了棋局，我觉得现在我们可以算是下了个平局，对吧？现在，还有好几千块钱在我口袋里呢，我还赢了三分,亲爱的,对吧?"

"你是个杀人犯,先生!"查尔斯尖叫起来,"我们会饿死在这里!"

克莱上校摆出一副通情达理的样子,挥挥手,反驳道:"天哪,亲爱的先生,你觉得我杀了这只下金蛋的鹅,良心上还过得去吗?不,不,查尔斯·范德瑞夫特爵士,我非常清楚你对我的价值。假设你要是死了,我就不得不另外找新的资源,利润还小多了。你的子嗣、遗嘱执行人、受托人,可能都满足不了我的需要呢。事实上,先生,你的脾气和我的完全合拍呢。我懂你,可你却不懂我——这常常就是最坚实的友谊的基础啦。你能给别人下套,而我能给你下套。你的聪明才智帮了我,我承认,你真的很聪明。作为一个普通的金融家,我承认,我没法跟你比。但是在我卑微的人生中,我却知道怎么利用你。在你觉得你可以利用别人捞点好处的时候,我牵着你的鼻子走;你喜欢做赚钱的买卖,你本能地想去打垮别人,我巧妙地利用你的特点,成功地打垮你。瞧,先生,现在你明白我们的相处之道了吧。"

他举起帽子,鞠了一躬。查尔斯看着他,吓得浑身发抖。是的,就是这样一个天才,浑身抖得厉害。"你的意思是说,"他突然说,"你要继续这样把我榨干吗?"

上校露出温和的笑容,回答道:"查尔斯·范德瑞夫特爵士,我刚才说你是下金蛋的鹅呢。你也许觉得这个比喻很粗俗,但你知道,在我俩之间，你就是一只鹅呀。我承认，在股票交易中你是绝顶聪明的人，可是在外面，你却是我见过的最好骗的傻瓜。你就输在一个事儿上——你太简单了。也就是这个原因，在众多人选中，我决心牢牢抓住你。我亲爱的爵士，把我看作富豪身上的细菌、资本家身上的跳蚤吧。你知道那首儿歌怎么唱来着：大跳蚤背上有小跳蚤，小跳蚤身上有更小的，无穷无尽！

"对了，我就是这么看自己的。你是资本家，百万富翁。你以你大手笔的方式掠夺社会。你搞垄断、期权、特许权、辛迪加，你吸干了世界的血，榨干了人们的钱。你就像蚊子一样，有一个漂亮的吸血口器——创始人股份，通过这个，你吸干了社会的剩余财富。接下来，我只是用我的小手腕，从你那里分一杯羹而已。我是这个时代的罗宾汉，而且，我把你视为非常糟糕的一类富豪——同时，你也是极易被我这样的天才骗的超级笨蛋——所以说，我就打算在你身上做窝了。"

查尔斯看着他，一个劲儿地叹气。

年轻人以一种温和的口气打趣道："我喜欢这个游戏的桥段，亲爱的杰茜也喜欢。我俩都喜欢这个游戏。只要我能从你身上捞到丰厚的油水，我当然舍不得离开这么金贵的一副躯壳呀。我费那么多劲要养肥自己，在小资本家身上，几百块钱都很难榨出来呢。你也许一直很困惑，为什么我一直缠着你。现在你知道了吧，懂了吧。寄生虫找到一头适合自己的羊时，就不会离开了。你就是我的宿主，我就是寄生虫。这次的行动失败了。但是你别高兴得太早，这次失误将是最后一次。"

"你为什么把这些都告诉我，来羞辱我？"查尔斯爵士大喊着，浑身都在发抖。

上校挥挥他白皙的小手。"因为我热爱这个游戏啊。"他美滋滋地回答，"还有，你事先准备越充分，我打败你之后，我就越有成就感和愉悦感。好了，现在再说一遍，再见了！说了这么多都是在浪费我宝贵的时间。我也许要对某个人说说谎了。我得立刻走了……保重，温特沃斯。不过我知道你会的，你一向如此。通常都是十个点！"

他划走了，小船在小岛的拐角处消失时，"白杜鹃"——她现在看起来就是那样了——站在船尾，朝我们挥着她可爱的双手，大声喊道："再——见，亲爱的查尔斯爵士！一定要裹好毯子！我会尽快派人来接你！谢谢你给我采这么漂亮的花！"

小船绕过了峭壁，现在，只剩下我们在岛上了。查尔斯沮丧极了，一屁股坐在光秃秃的石头上。他习惯了安逸的生活，没有软垫子就过不了。至于我自己，我费劲地爬到悬崖顶上，望着陆地那边，试图挥舞手帕给陆地上的过路人发求救信号。一切都是无用功。查尔斯解雇了他的佃农，而且，那天正好是狩猎会，又在另一个方向，所以在这附近我们找不到一个人可以求救。

我又爬回查尔斯那里。夜幕缓缓降临了。海鸟奇怪的叫声在海面回荡。在晦暗的黄昏里，海鹦与鸬鹚在我们头顶盘旋。查尔斯觉得它们也许会冲下来咬我们。它们并没有，不过，它们扑打的翅膀依然给饥饿与孤独中的我们增添了几分恐惧。查尔斯已是万念俱灰。就我自己而言，我得承认，克莱上校没有在佣金的问题上公然出卖我，我觉得相当宽慰，还算舒坦。

我们蹲在坚硬的峭壁上。十一点钟左右，我们听到有人来了。"有船吗？"我大声喊。听到一声回音，我们马上站起来，往下跑到靠岸的地方喊人，告诉他们我们的位置。他们马上就来了，坐的还是查尔斯爵士的船。这些人都是峡湾对面的尼格里的渔民。

他们说，一位小姐和一位先生派他们来归还这艘船，来这个岛接我们。他们俩描述的这两人正对应了假格兰顿夫妇。渔民们把我们送回塞尔登，一路上几乎大家都没说话。我们回到城堡的时候，城门上的钟显示已经夜里两点半了。家里人都派出去了，兵分两路沿着海岸找我们。阿梅莉亚很担心我们的安全，不过她已经睡觉去了。伊莎贝尔还在等。当然，现在太晚了，要逮住那两个坏蛋今晚也不可能了，但是查尔斯非得派人带一封电报到福利斯去，发给因弗内斯警方。

什么结果都没有。克雷格·拉奇勋爵给我们的回复到了，非常确定地说他的儿子就没有离开过拉奇峡谷，而之后我们发现，我们的收信人根本就没有收到过信,只有一张空信封寄到了家里。同时邮局也被牵扯进去了,他们正用闪电速度来调查此事。凯瑟琳娜亲自到福利斯寄信,取回了收据,所以我们只能得出一个结论,就是克莱上校一定在邮局有同伙。至于克雷格·拉奇勋爵之前的回信,显然是伪造的,但奇怪的是,这信却真是写在拉奇峡谷的信纸上。

不过,查尔斯吃了一些松鸡,喝了一瓶上好的吕德斯海姆酒后,又精神抖擞了。毫无疑问,他从布尔人祖先那里继承了巴达维亚式的勇气,情绪好极了。

"毕竟,"他背靠着椅子说,"这一次我们扳回来一局,他还没有把我们害惨;我们至少发现了他。如果要逮住他的话,及时发现他已算是成功一半了。只是我们在塞尔登城堡,位置太偏了,让他给跑了。下一次,我敢肯定,我们不仅会发现他,还要逮住他。我只想在伦敦试一把。"

不过最让人费解的正是这一点,自从两人在尼格里上岸,告诉那些渔民在海鸥岛上有两位先生之后,两人就踪迹全无了。沿海的所有站点都没有他们的消息。他们的女仆当天上午就带着行李离开酒店了,我们追踪她的信息一路到了伊凡尼斯,然后线索就突然中断,再无任何蛛丝马迹。真是太奇怪了。

查尔斯只希望在伦敦能找到这个家伙。

但就我而言，我觉得那个流氓最后说的话似乎不无道理。随着船渐行渐远，他扔过来一句话："查尔斯·范德瑞夫特爵士，咱俩是一对坏人。法律保护你，却加害我，我俩的区别就在这儿。"

德国教授新发现

那年冬天,我可敬的大舅子忙得没时间去琢磨克莱上校之类的琐事了。一个晴天霹雳击中了他——南非的主要业务面临了一个突如其来的严峻且极具毁灭性的威胁。

查尔斯经营了一点黄金,一点地产,不过他的主要业务还是在钻石上。我一生中只见到过这么一次,他对诗歌表现出一点点的关注,那天我恰好在诵读这两行诗——

　　世上有多少纯净明媚的宝石,

　　淹没在深不可测的幽暗海底。

他马上搓着双手,兴致勃勃地小声说:"我从来没想过这个,我们也许要成立一个大西洋勘探联合有限公司了。"他对钻石是如此着迷,因此,你可以设想一下,这个大人物要是知道了当今科学正在迅猛发展,以至于他心爱的钻石也许有一天就沦为市场上的滞销货,他得有多震惊。商品的贬值一直是查尔斯爵士的心头痛,那年冬天,他与一场骇人听闻的灾难就近在咫尺。

他这么一说之后,灾难真的发生了。

一天下午,我们正沿着皮卡迪利大街慢悠悠地往查尔斯的俱乐部走——他是蓓尔美尔街上的大富豪俱乐部的会员——快走到伯灵顿大厦时,我们忽然撞上了一个人,正是著名的矿物学家、皇家学会的领军人物,阿道弗斯·科德里爵士!他高兴地朝我们点点头,以他那洪亮尖锐的嗓音大喊:"你好,范德瑞夫特,我今天正想找你呢。上午好,温特沃斯。对了,大富翁,现在的钻石行情如何?你现在得低调点了,你就要完蛋了,弥达斯[1],你听说了施莱尔马赫的新发现吗?太了不起了!这样一来,你这个钻石大王要急得像热锅上的蚂蚁了!"

我看得出,查尔斯浑身别扭,听了这人的话,他极不自在。像科德里这样的人能公开说出这样的话来,而且还在皮卡迪利大街上讲那么大声,不管这事儿有没有准儿,都足以让克卢蒂德普-戈尔康达这

---

[1] 弥达斯:希腊神话中点石成金的国王。

种身为社会经济形势晴雨表的公司在股市上下跌个一两点。

"嘘,嘘!"查尔斯一本正经地说。每当他觉得金钱遭到亵渎的时候,他就用这种充满敬畏的语气说话,"请你不要说那么大声!整个伦敦都听到你的声音了。"

阿道弗斯爵士亲切地挽起查尔斯的胳膊,查尔斯最讨厌的就是别人抓住他的胳膊。

"跟我一起去瞧瞧吧。"他用同样洪亮的声音接着说,"我告诉你怎么回事。这个极其有趣的发现,让钻石一钱不值,估计整个南非都要完蛋了。"

查尔斯别无选择,任由自己被拽走,他虽不说话,脸上却是一副不满的神情。阿道弗斯爵士摆出一副比先前低调的姿态,兴致勃勃地继续怂恿他,说这事儿实在让人难以平静。似乎耶拿的施莱尔马赫教授"是在宝石的化学构成方面,目前最了不起的权威专家"。他说,教授最近发现了,或者说最近才声称已发现了一种宝石的人工制作方法,已经取得了极令人震惊且无可挑剔的效果。

查尔斯轻轻瘪了一下嘴。"噢,我知道那种事儿。"他说,"我以前就听说过。非常劣质的石头,很小,毫无价值,生产成本极高,根本不值得一看。我是老手了,你知道的,科德里。我不会上当的,跟我说个更高明点的吧!"

阿道弗斯爵士从口袋里掏出一块切割过的钻石。"这个上等货如何？"他喜笑颜开地把钻石递给满腹狐疑的查尔斯，"这可是在我眼皮底下做出来的，而且非常廉价！"

查尔斯马上停下脚步，掏出袖珍放大镜，靠在詹姆斯广场的栏杆上，仔细察看起来。没错，这真是品质上乘的小钻石。

"在你眼皮底下做出来的？"他还是不敢相信，大声问，"在哪儿？亲爱的先生，在耶拿吗？"

他听到的答案无异一个晴天霹雳。"不，就在伦敦，就在昨天晚上，在我和格雷博士眼前，而且会长还要在皇家学会会员的一个聚会上亲自展示。"

查尔斯深深吸了一口气。"这种无稽之谈必须制止。"他坚定地说，"一定要消灭在萌芽状态。我亲爱的朋友，我们不能任其发展，我们不能让我们的重大利益受到这种干扰。"

"你这是什么意思？"科德里吃惊地问。

查尔斯目不转睛地盯着他，眼里闪过一丝诡异的光，就凭这我知道了他心里一定很害怕。"那个家伙在哪儿？"他问，"他自己来，还是派了个人来？"

"就在伦敦。"阿道弗斯爵士说，"他就住在我家里，而且他说他很乐意向任何对宝石科学感兴趣的人展示他的试验。我们打算今晚在兰切斯特大门举办一个展示会，你会顺便来看看吗？"

他会"顺便"去看看吗？他能不去吗？查尔斯紧张地抓住对方的胳膊。"听着，科德里，"他身体都在发抖，一边说，"这会严重影响到股市。千万别鲁莽，千万别做傻事。记住，股票会因此上涨或下跌。"他说到"股票"二字时，语气十分严肃，我几乎从未听过他如此严肃。股票，是他宗教信仰中的关键词。

"我觉得这种可能性非常大。"阿道弗斯爵士回答道，他的口气冷冰冰的，完全就像一个对经济危机无动于衷的科学家说的话。

查尔斯爵士温和又坚决地说："你看，你肩负着重大的责任。市场的稳定有赖于你。你绝不能让任何外行来看这些实验。如果你愿意，请几个矿物学家和专家，但是也务必请几个受到威胁的行业代表。我也会来——我已经约好了饭局，但我不想去。我建议你去问问那个莫森海默，还有小菲普森。他们会支持采矿业，而你和矿物学家会支持科学。总之，不要乱讲话，看在上帝的分上，不要过早地八卦。告诉施莱尔马赫不要到处吹嘘他在伦敦的成功。"

"我们对这事坚决保密，这还是施莱尔马赫自己要求的。"科德里说，现在他严肃多了。

"所以，"查尔斯用最严厉的口气说，"你就不要在皮卡迪利大街上用你的最高音扯着嗓子喊了！"

然而，夜幕降临前，一切安排都让查尔斯满意了，我们去了兰切斯特大门。我们深深地期待，这个德国教授做不出值得一看的东西。

他的外表非常引人注目，应该说很高，又高又瘦，他弯着腰，一直在摆弄一个坩埚，十分专注。他的头发过早地变白了，垂在额前，但是他的目光敏锐，嘴角流露出一丝睿智。他亲切地与科学界的人握手，似乎跟他们都是老相识了，他略略地弯腰，表示出对南非的兴趣。接下来他开始说话了，挥着脏兮兮沾着化学染色剂的双手来营造氛围，他时不时用十足德国腔的英语来解释，可是他的词汇量完全不够。他的指甲不好看，可是他的手指，我得说，长得很精致，是那种惯于从事精细操作的手。他马上把手插入厚厚的实验材料中，用浓重的口音简单地告诉我们，现在，他要用这个新工艺为我们制造出令人满意的上乘钻石。

他拿出他的设备，解释他的新方法。"钻石，"他说，"只不过是纯粹的结晶碳。"他知道怎么使碳结晶——"一切秘密都在这儿。"科学界人士仔细观察着他的坩埚和平底锅。然后他放入了一定量的原料，煞有介事地操作起来。他有三种主要的制作方法，他分别尝试三种不同制作工艺，用每种方法制造出两颗钻石。他说，他的制作工艺最出彩的地方，就是生产时间短，成本低。他面带嘲讽地说道，只需要三刻钟的时间，他就能制造出以当前价格计算价值两百英镑的钻石。"现在你们得好好看我演示了。"他说,"我就用这种简单的工具。"

材料嘶嘶地冒着烟,教授搅着这些材料,一种类似羽毛烧焦了的臭味在房间里弥漫开来。科学家们都急切地伸长了脖子看着,尤其文·维维安更是全神贯注地看着。三刻钟之后,教授依然微笑着,开始清空仪器。他清理掉大量的粉尘,或者说粉末,他说这些是"副产品",然后,他从每个盘子中央用拇指和食指拈起来一个个小小的白卵石,这些小石头明显没有被水打磨过,表面有点粗糙,有疣状凸起。

他从第一对小盘子里拿起两颗石头,得意扬扬地递给我们。"这些,"他说,"就是真正的钻石,每一粒的制作成本只有十四先令六便士!"然后,他又从第二对盘子里拿出两粒。"这些,"他更兴奋了,"成本只有十一先令九便士!"最后,他到来第三对盘子跟前,更加得意地挥着钻石,递给我们看,我们都惊呆了。"而这些,"他说,"不到三先令八便士!"

我们轮流查看着这些石头。它们坚硬粗糙,没有切割,当然,很难衡量其价值。不过有一件事是肯定的,科学界的人仔细地观察了最开始的过程,他们肯定施莱尔马赫先生并没有事前把石头放进去,他们也紧盯着最后他取出石头的过程,同样非常肯定,他的确是老老实实从这些小盘子里把石头取出来的。

"我现在把这些钻石发下去。"教授看了看大家,以一种稀松平常的语气说着,仿佛他是在发豆子似的。他挑中了我的大舅子。"一颗给查尔斯爵士!"他把钻石递过来,说道,"一颗给莫森海默,一颗给小菲普森——钻石行业的代表人物。接下来,我给阿道弗斯爵士、格雷博士,以及费·费费安(文·维维安)先生一人一颗,你们是科学界的代表人士。你们要对这些钻石进行切割,到时候交上来。后天我们再在这里会面。"

查尔斯用责怪的目光盯着他。他心底最深的弦被拨动了。"教授,"他用一种严肃的语气警告他,"你没有意识到吗,一旦你成功了,你就会毁掉价值数千英镑的宝贵财产?"

教授耸了耸肩。"这是我的错吗?"他投来好奇而不屑的一瞥,说道,"我不是金融家!我只是个科学家。我追求的是知识,而不是钱财。"

"太令人震惊了!"查尔斯大叫道,"太令人震惊了!我以前从来没有亲眼见过有人如此无视他人利益!"

我们早早地走了。科学界的人有多兴高采烈,钻石业的人就有多沮丧失望。如果这个消息是真的,他们就等于看到了自己事业的衰败,所有人都觉得眼前无光。这真是太糟糕了。

查尔斯跟教授一起往回走。他小心地试探着教授,看到底需要多少钱,要不要再加点钱,才能买断他的秘密。阿道弗斯爵士已经命令我们暂时保持沉默,仿佛这很有必要,但是查尔斯想知道要花多少钱,施莱尔马赫才能守住他的发现。德国人就是顽固。

"不行，不行！"他着急地回答，"你不懂。我不做买卖。这是一个化学现象。我们必须公之于众，纠正理论错误。我不在乎钱财，我没有时间浪费在挣钱上。"

"好一个可怕的浪费生命的理论啊！"查尔斯后来跟我这样说。

的确，此人似乎除了关心抽象问题以外，对世上什么都不在乎——他不在乎他制造出的是不是优质钻石，只关心那是不是高纯度的结晶碳！

我得说，在约定的那天晚上，查尔斯回到兰切斯特大门，是带着一种痛苦的奇怪神情。我以前从没见到他这么焦虑过。

这些钻石被制造出来了，每一颗都有一个表面被切刀轻微地割过，以显示出其水色。然后出现了一个奇怪的现象。说来也怪，给三个钻石大王的钻石变成了极劣质的、毫无价值的石头，而给那三个科学界人士的石头却是最纯净的上等钻石。

我得说，这也太奇怪了。三个钻石业巨头用好奇的目光互相瞥了一眼，紧接着又收了回来，避开彼此。难道，每个人都分别用一个次等的天然石头取代了施莱尔马赫教授的人造钻石？看上去差不多就是这样。我得承认，有那么一瞬间，我都这么认为了。但是紧接着，我改变了想法。难道像查尔斯·范德瑞夫特这样的人，那么有尊严和原则的人，都会为了钱财使出这种卑劣的伎俩？就算他这么做了，就算莫森海默也这么干了，那交到科学界人士手上的钻石不也足以证明试验的真实性和成功吗？

我得说，查尔斯依然面带羞愧地打量着莫森海默，莫森海默也这样望着菲普森，而在威斯敏斯特城，很少见到同一时间有三个以上愁眉不展的人聚在一起。

接下来，阿道弗斯爵士说话了，或者说，他发表了一通演讲。他用他那洪亮刺耳的嗓音说道，当晚及前一天晚上，我们迎来了科学史上的一个新纪元。施莱尔马赫教授跟许多杰出的人一样，是他的祖国德国的骄傲；同时作为一个英国人，他得说他感到遗憾，因为这个发现，跟许多伟大发现一样，都打上了"德国制造"的标签。不过施莱尔马赫教授是一个高尚的科学家，黄金对他来说只是一种稀有金属，而钻石不过是碳的多种同素异形体的最稀少品种而已。这位教授根本不打算用自己的发现谋利，他完全摒弃了资本家身上可鄙的贪婪。他追溯了碳元素的晶体构造，十分满意自己取得的成就，但是他想要的也只是科学界的认可。不过，金融大亨们非常关注的是要维持这种碳晶体的价格，换句话说，维持钻石的价格，出于对他们意愿的尊重，他们已经达成一致，暂时对这个发现保密。目睹了试验结果的人谁都不能公开披露这个秘密。只有等到教授自己和皇家学会的一个委员会安排时间进行调查，并对教授的奇妙制作工艺进行证实之后，才能公布这个发现。调查并且证实自己的发现,恰好是这位博学的教授想要的,而且也是他提议的。(施莱尔马赫赞许地点了点头。)当调查结束后,如果这个制作工艺经得起考验,那么他的新发现就再也藏不住了。那时,钻石的价格一定会马上一落千丈,还不如铅玻璃,而来自金融界的任何抗议当然也无用了。自然法则高于所有百万富翁的利益。同时,考虑到查尔斯·范德瑞夫特爵士的意见,所有见识了这个激动人心的实验成果的人,均达成一致,对新闻界保密,并且在公众场合不能谈论起这个美好又简单的制作工艺。当他说到"美好"一词儿的时候,那种热情简直有点过头了。现在,以英国矿物学家的名义,他要向我们的贵宾施莱尔马赫教授表达祝贺,为他在宝石和晶体科学领域上做出的卓越贡献。

大家都在鼓掌。这真是一个尴尬的时刻,查尔斯爵士咬着嘴唇,莫森海默看起来闷闷不乐,小菲普森脸上的表情我难以形容。(我知道这个结果会在各自的家庭中传播开来。)在郑重宣誓保密之后,聚会就结束了。

我发现我的大舅子在门口颇有点夸张地躲开莫森海默,而那个菲普森则飞快地钻到自己的马车里。我们一坐上马车,查尔斯就没好气地冲车夫大声喊:"回家!"回梅费尔的这一路上,他都靠在座位上,双唇紧闭,一句话也没说。

不过，睡觉前，在私密的台球室里，我大胆问他："查尔斯，你明天会抛售戈尔康达的股票吗？"我觉得，这个发现一旦变成了现实，在接下来的几个星期，克卢蒂德普的钻石完全有可能会滞销。

他严肃地盯着我，说："温特沃斯，你真是个傻子！"（除了他非常生气的时候，我可敬的亲戚从来不会叫我"温特沃斯"，私底下他向来都是叫我"西摩"。）"我会可能抛售吗，我可能在这个时候毁掉公众对公司的信心吗？作为一名领导者——董事长——我这样做合适吗？我问你，先生，那样做了我良心上过得去吗？"

"查尔斯，"我答道，"你说得对。你的行为很高尚，不会为了挽回自己的个人利益而牺牲那些信任你的人。哎，你太正直了！这在金融界已经很少见了！"我不经意地叹了口气，因为我已经对拯救者不抱希望了。

与此同时，我心里琢磨着：我不是一个领导者。没有人对我寄予厚望。我得首先为亲爱的伊莎贝尔和孩子考虑。在我们完蛋前，我明天就把手里不多的克卢蒂德普－戈尔康达公司的股份全卖了，这些股份还是查尔斯好意给我的。

查尔斯有着绝妙的商业直觉，他似乎已经看出我的想法了，他突然转过身来，以一种尖酸的口气说："对了，西摩，你记住，你是我的妹夫。你也是我的秘书。明天，全伦敦都会盯着我们呢。要是你把股票卖了，经纪人知道了，他们会怀疑这里出了问题，整个公司都会受到质疑。当然，你有权处理你自己的资产，我无权干预，也不会对你发号施令。但是作为戈尔康达公司的董事长，我必须考虑到那些给我们投资的孤儿寡母的利益，我们不能去冒险。"他的声音似乎在颤抖，他继续说，"因此，尽管我不会威胁你，我也要警告你：要是你抛掉手上的股份，不管是公开的还是秘密的，你就不再是我的秘书了，你会收到六个月的薪水，然后马上走人。"

"好的，查尔斯！"我低声下气地回答。但是有那么一会儿，我在跟自己斗争，是拿着钱弃船上岸呢，还是坚定地站在我朋友的一边，支持查尔斯，希望他有好运打败教授的科学？经过一个短暂剧烈的内心挣扎后，我可以骄傲地说，友谊与感恩占了上风。我非常肯定，不管钻石价格升降，不管发生什么事，查尔斯·范德瑞夫特都是最后会站在顶峰的人物。所以，我决定，站在他身边支持他！

但是那天晚上我心绪纷乱，睡得很少。早餐时，查尔斯也看上去十分憔悴，闷闷不乐。他早早就叫了马车，直奔市区。

在齐普赛街的一个街区，查尔斯又急躁又紧张，跳下车走了。我走在他身边。在伍德街附近，一个我们认识的人忽然把我们拦住了。

"我想我应该跟你说。"他悄悄地说，"我有可靠消息，那个耶拿的施莱尔马赫……"

"谢谢你。"查尔斯执拗地说,"我知道那事儿,全是假的。"

他匆匆忙忙地走了。一两码开外,一个经纪人在我们面前停了下来。

"你好,查尔斯爵士!"他开玩笑地大声说,"这是关于钻石的吗?克卢蒂德普今天在哪儿呢?是戈尔康达,还是皇后街?"

查尔斯僵硬地挺直身子,义正词严回答道:"我不知道你在说什么。"

"天哪,你自己都去了。"那个人大声说,"昨晚在阿道弗斯爵士家!哦,对了,到处都传遍了,耶拿的施莱尔马赫制造出了完美的钻石——每一粒只需要六便士——而且跟真的一样好——南非的古老历史要改写了。他们说,不到六个星期,金伯利就会变成荒芜的沙漠了。白教堂的每一个小商小贩都会把真正的科依诺尔钻石做成纽扣钉在衣服上,柏孟塞的每一个姑娘都会像范德瑞夫特夫人出入心爱的音乐厅时一样,戴着钻石项链。戈尔康达公司不行了,你就狡辩吧,我知道,我们都知道怎么回事了!"

查尔斯一脸厌恶地往前走去,那个人的举止实在是很恶劣。在银行附近,我们碰到一个颇受人尊敬的批发商。

"啊,查尔斯爵士,"他说,"你也在这儿?嗯,有个奇怪的消息,对吧?就我来说,我劝你别太当回事。当然,你的股票,就像铅一样,今天上午会往下掉。不过明天就会涨了,记住我的话吧,在这个发现被证实或者证伪之前,股票都会时涨时落,这对于投机分子来讲,肯定是个好机会。各种消息,各种谣言、传闻、不实消息满天飞。在阿道弗斯爵士检测之前,谁都不知道该相信哪个。"

我们朝下议院走去。查尔斯爵士忧虑重重。我们渐渐走近了,听到每个人都在谈论一件事。再怎么保密,也是所有人都知道了。有些人悄悄地告诉我们这个激动人心的消息,有些人得意扬扬地大声宣布这个喜讯。现在,大家都觉得,克卢蒂德普要完蛋了,越快跟它撇清,损失就越小。

查尔斯像个将军一样地大步流星地走着,但那更像是拿破仑厚着脸皮从莫斯科撤军的姿态。他脸上一副坚定的神情。最后,他走进了办公室,挥手让我别跟进去。过了很长时间的磋商之后,他出来了。

整整一天,整个城市到处听见有人说戈尔康达,戈尔康达。每个人都在小声说"戈尔康达要垮了,要垮了"。经纪人业务多得忙不过来。但是,可以肯定的是,几乎每个人都是卖家,没有人当买家。但是查尔斯依然像块磐石一样岿然不动,他手下的经纪人也是。"我不想卖。"他顽固地说,"整个事情都是捏造出来的,这不过是一个小小的把戏。就我而言,我相信施莱尔马赫教授被骗了,或者他骗了我们。再过一个星期,泡沫就会破灭,价格就会自行恢复。"对于所有的问题,他的经纪人费格莫尔只有一个答案:"查尔斯爵士对戈尔康达公司的稳定非常有信心,不想出售股权,增添恐慌。"

全世界都在说他真了不起，真了不起！他置身于动荡，就像矗立在海上的一块花岗石岩，翻滚的激浪涌上来，被击得粉碎。他不仅没看到经济的衰败，还夸张地从各处购进股票，以期恢复公众的信心。

"我会购进更多，创造财富。"他慷慨地说，"仅仅因为我昨晚恰好在阿道弗斯爵士家里，人们就以为我是散布谣言的推手，并且让股票跌价，好趁机以低价购入。一个董事长，正如恺撒之妻，不容置疑。[1]所以我时不时买进股票，只要大家能看到，至少我对于戈尔康达公司的坚实未来是毫不质疑的，这就够了。"

那天晚上，他回到家，比之前我看到他时更加烦恼苦闷了。第二天糟透了。股价继续暴跌，掺杂各种剧情桥段。一会儿，一个谣言冒出来，说阿道弗斯爵士宣布整起事件就是一场骗局，股价会稳定一点；过了一会儿，又冒出来一个传言，说在柏林，大量的钻石正被装在货车里，胆小的老太太们给经纪人发电报要求，不管冒着多大风险，赶紧变卖这些钻石。这一天真是太可怕了，我永远都忘不了。

第二天早晨，奇迹般的，突然之间一切又恢复了正常。我们还在琢磨这是怎么回事，查尔斯就收到了阿道弗斯·科德里爵士发来的一

---

[1] 恺撒之妻，不容置疑：恺撒的妻子被疑与人有染，他声言不相信，同时休弃妻子。法官问他为什么，他答："皇后的贞操，不容怀疑。"

封电报：

"那个人是骗子，根本就没有施莱尔马赫这个人。刚刚收到一封来自耶拿的电报，那边的教授说根本不知道此人。很抱歉，无意中给您添麻烦了。过来见我。"

"很抱歉，无意中给您添麻烦了。"查尔斯读到这个简直要气疯了。阿道弗斯爵士在刚刚过去的性命攸关的四十八小时内，把股市完全搅乱了，差不多毁了一打有钱商人，整个城市动荡不安，整个下院形势巨变，现在，他因此来道歉，就好像仅仅是吃顿饭迟到了十分钟！查尔斯跳上马车赶紧去见他。他怎么敢如此大胆把那个冒牌货介绍成施莱尔马赫教授！阿道弗斯爵士耸耸肩，说这个家伙来的时候，他就自我介绍是来自耶拿的伟大化学家，他有着长长的白发，弯腰驼背，自己有什么理由怀疑他呢？（我想起了，出于同样的理由，查尔斯相信了戴维·格兰顿阁下以及立本斯坦伯爵。）另外，这个家伙使出高超的骗术是为了什么？查尔斯知道得太清楚了。现在很明显他这么做就是为了搅乱钻石市场，可我们醒悟得太晚了，他已经得逞了——这个克莱上校，以他的"同素异形体"的形式现身！查尔斯曾经希望在伦敦跟他的敌人过招，果真在伦敦又一次遇见了！

我们现在明白这事儿的来龙去脉了。克莱上校就像碳元素一样，有多种形态！毫无疑问，凭着高明的手段，他先把卵石展示给我们检查，又在把卵石分发给科学界和钻石业的代表之前，用真正的钻石替换了那些从实验器皿中取出的不成型的原料。当然了，他打开器皿的时候，我们都密切地注视着，但是一旦看到结果令我们满意，我们就打消了所有疑虑，就忘了看他发给我们的是不是那些东西。魔术师总是利用人们一瞬间的走神而成功的。跟以前一样,这位"教授"一旦伎俩得逞，就又消失得无影无踪。他就像烟一样不见了,像以前的伯爵和先知一样，我们再也没有听到过他的消息。

查尔斯回到家，比之前我见到他时还要生气。我不明白这是为什么。他郁闷得像输掉了千万家产似的。我尽力安慰他，说道："虽然戈尔康达暂时遭到了损失，毕竟，想想你那么坚定，也可以安心了。你不仅遏制了这种疯狂的势头，也没有在恐慌中有任何损失。当然，我为那些孤儿寡母们感到遗憾，如果是克莱上校操控了市场，至少这一次，输的人不是你。"

查尔斯眉头紧皱，他毫不掩饰的轻蔑眼神把我吓了一跳。他说道："你真蠢！"接下来他又不说话了。

"但是你说了不抛售的啊。"我说。

他目不转睛地盯着我，最后问道："如果我要抛售股票，我可能告诉你吗？或者，我会通过我以往的经纪人费格摩尔来公开抛售吗？天哪，那样的话全世界都知道了，戈尔康达就彻底完蛋了。事实上，我根本就不想跟你这样的蠢人说我到底输掉了多少。但我的确卖出去了，一个匿名买家马上买进了，然后收了现款，今天早晨又卖出去了。等这些折腾完，已经找不到他了。他就没有候账，而是直接就结清。他以同样的方式抛售。我现在知道这是怎么操作的了，而且这一招隐藏得多么巧妙；但今天我最多只能告诉你，迄今为止，这是克莱上校从我这里捞到的最大一票。要是他乐意的话，他都可以洗手不干了。我只希望，这些钱已经让他这辈子都心满意足了，但是，在挣钱这事儿上，没有人会知足的。"

"你都卖了！"我大叫起来，"你！公司的董事长！你把公司搞垮了！还有人家对你的信任呢？那些孤儿寡母对你的信任呢？"

查尔斯站起来，面对着我，用他最严肃的口气说："西摩·温特沃斯，你跟我这么多年了，近水楼台，你见识过巨额融资还这样问！我现在觉得，你永远都搞不懂什么叫做生意！"

克莱上校被捕记

查尔斯因克卢蒂德普股价暴跌损失了多少,我一点儿都不知道,但是那件事让他沮丧极了,心灰意冷,整个人都瘫了。

过了几天,在吸烟室里,他对我说:"真见鬼,西摩,这个克莱上校让耐心的约伯[1]也要愤怒了——约伯也是遭受了巨大的损失,要是我记得没错的话,他是被那个年代的迦勒底人和其他大投机分子给算计了。"

"三千骆驼,"我想起了亲爱的母亲给我讲的,"一下子全没了,更

---

[1] 约伯:《圣经》人物,获得神的丰厚赏赐,然后又迅速失去一切。

别提五百对牛,全都被示巴人牵走了,他们就是当时的牛贩子!"

"哎,"查尔斯把雪茄烟灰弹到日本烟缸里(那是一个上好的青铜古董),一边自言自语道,"那个时候就有牲口交易了啊!管他约伯不约伯,这个人对我来说真是太让我受不了了。"

我表示赞同:"难就难在,你根本不知道他在哪里。"

"是啊。"查尔斯若有所思地说,"要是他不变化多端,就像霍尼曼家族的茶叶或者某种上等品牌的威士忌,那自然就简单多了;那样你就会有机会发现他。但是当一个人每次都带着不同伪装笑盈盈地出现,而那伪装根本看不出来,而且还有各种权威文书,该死,西摩,这样我们根本就斗不过他啊。"

"来找我们的人中,还有谁比戴维阁下显得更可靠呢?"我认同他的观点。

"就是啊。"查尔斯喃喃道,"我是出于自己的利益邀请他来的。而且他来的时候也完全带着一副拉奇峡谷那边人的气派。"

"还有教授呢?"我继续问,"是由英国的顶尖矿物学家介绍给我们的。"

我戳到了他的痛处。查尔斯皱起了眉头,没有说话。

"还有女人。"他难过了一会儿,又接着说,"我在社会上见过许多迷人的女人。我不可能时时刻刻在哪里都提防这些可爱的人儿。可是,有一天我放松了警惕,或者说就算没放松,我也被骗了。我被那个淘气的皮卡尔夫人,那个单纯的小丫头格兰顿夫人牵着鼻子走。那个娘们,不管她叫什么,她真是我这辈子遇到的最聪明的人。她每次出场都不一样,每一次,真见鬼,我都把心给了她。"

我看了看周围,确定阿梅莉亚听不到我们说话。

"不行,西摩。"我可敬的亲戚沉默了好长一会儿,若有所思地啜了一口咖啡,继续说道,"我觉得我必须找一个能识破狡猾伪装的职业高手来帮我处理这事儿。明天我就去马维利尔家,我要让马维利尔给我找一个真正的好侦探,能待在家里,紧盯每一个靠近我的活人。对于每一个人,他都要仔细看清楚,鼻子、眼睛、假发、胡须。他就是另一个我,充满警惕性的我,不睡觉的我。这个我的任务是对每一个活生生的男男女女进行仔细审查,就连坎特伯雷大主教也逃不过他的监视,他会注意到皇家公主没有用勺子,或者离开时带走了珠宝盒。他必须留意每一列火车中疑似克莱上校的人,还要观察每一个郊区的牧师。在那些跟阿梅莉亚一起喝茶的年轻姑娘们,以及来看望伊莎贝尔的那些肥胖的老女人中间,他必须留意有没有可能出现皮卡尔夫人。是的,我已经下定决心,我明天就到马维利尔那儿去,赶紧找一个这样的人回来。"

"打扰一下,查尔斯爵士。"凯瑟琳娜从门外探头进来说,"夫人说,请您和温特沃斯先生别忘了，今天晚上她要和你俩去卡里斯布鲁克夫人家呢。"

"天哪，"查尔斯喊道，"她说过的！现在已经过了十点了！再过五分钟，马车就要到门口来接我们了！"

于是，第二天早晨，查尔斯就驱车去马维利尔家了。这位著名侦探两眼放光地听完了他的故事，搓着双手得意地说："克莱上校！克莱上校！这是一个非常难缠的人！欧洲的警察一直在追踪他，伦敦、巴黎、柏林都在找他。这里一个橡胶上校，那里一个橡胶上校，直到有人最终开始问了，有橡胶上校吗？或者，这是由军队捏造的一个名字，用来给一群暗处的骗子打掩护的？但是，查尔斯爵士，我们会尽最大努力的。我马上就给你找英国最优秀最聪明的侦探。"

"马维利尔，我想要的那个人叫什么名字？"查尔斯说。

这位长官微笑着说："不管你喜欢什么名字，他并不特别。他在家叫作梅德赫斯特。我们叫他乔。我今天下午一定派他去你府上。"

"噢，不，"查尔斯立刻说，"你千万别，否则克莱上校肯定会取代他上门。我被耍了太多次了。再也不会相信随随便便就上门的陌生人！我就这儿等着见他。"

"但他不在。"马维利尔说。

查尔斯像石头一样顽固，说："那就派人去接他来。"

半小时后,侦探果然来了。他是个相貌古怪的小个子男人,头发剪得短短的,齐整整地竖在头上,就像一个巴黎的服务员。他的一双眼睛生动敏锐,很像雪貂的眼;鼻子塌陷,薄薄的嘴唇没有血色;左边脸颊上有一条疤痕,他说是有一次追捕一个亡命的法国走私犯时被剑刺伤的,彼时那人假扮成了非洲轻骑兵军官。他有一种坚毅的神采。总之,我从来没见过比他更奇特更有趣的小男人。他快步走了进来,把查尔斯从头到脚打量了一遍,然后,不拘礼节地直接问要他来这里做什么。

"这是查尔斯·范德瑞夫特先生,了不起的钻石大王。"马维利尔介绍道。

"那我明白了。"那人回答。

"你认识我吗?"查尔斯问。

"要是我谁都不认识,"侦探回答道,"我还有什么价值呢。而你,太有名了,街上的每个小孩都知道你。"

"真是痛快!"查尔斯说。

"先生,只要您喜欢,"那人毕恭毕敬地回答。"我会尽量使自己的衣着和行为在任何时候都符合我雇主的口味。"

"你的名字叫?"查尔斯微笑着问道。

"约瑟夫·梅德赫斯特,愿为您效劳。我的任务是关于什么的?偷来的钻石？非法购买钻石？"

"不。"查尔斯眼睛直盯着他回答,"完全不一样的工作。你听说过克莱上校吗？"

梅德赫斯特点点头。"当然,"他说,"去调查他,是我的工作。"第一次,我发现了他说话时带着隐约的美国口音。

"好吧,我要你抓住他。"查尔斯接着说。

梅德赫斯特长长地吸了口气。"这岂不是一个大订单？"他喃喃地说,感到惊讶。

查尔斯向他详细说明了他所需要的服务,梅德赫斯特答应了。"如果那个人走近你,我会认出他来的。"他停顿了一下说,"我可以向你保证这么多：我会识破任何伪装,在一分钟内识破他有没有乔装打扮；我极善于识别假发、假胡子、人造皮肤。如果我看见他,我会把他给揪出来。您放心好了,只要我在您身边,我马上就能识破克莱上校,他什么也做不了。"

"他会做到的。"马维利尔插进来一句,"如果他这样说了,他就会做到的。他是我最好的助手。我还不知道有谁比他更善于识破最精明的伪装。"

"那么他就适合我。"查尔斯回答说,"因为我从来没有见过像克莱上校这样精于伪装的人。"

就这样，梅德赫斯特被安排暂时住在家里，对家里的仆人们则说成他是秘书助理。他那天就来了，带来一个非常小的旅行包，但是他一到这儿，我们就注意到凯瑟琳娜对他非常反感。

梅德赫斯特是一个非常能干的侦探。查尔斯和我跟他讲了克莱上校的种种伪装，他又反过来给我们提了许多宝贵的意见和建议。比如说，我们一开始怀疑戴维·格兰顿阁下的时候，为什么不试一下假装不小心撞翻他的红假发？当理查德·佩普洛·布拉巴宗牧师第一次谈及那个人造宝石的问题的时候，为什么我们不检查一下阿梅莉亚真正的珠宝有没有丢失？还有，施莱尔马赫教授在兰切斯特展示他的合成科学的时候，我们为什么不直接问一下阿道弗斯·科德里爵士和其他矿物学家了解他多久了？他也给我们提供了一些有关假发和化装的好点子。比如，施莱尔马赫实际上有可能比看上去要矮得多，但是在背上加垫子，扮驼背，就给人制造了一种假象，让人觉得他就是一个高高的弓腰驼背的人，实际上他也许就跟小牧师或者立本斯坦伯爵一般高。另外，高跟鞋也帮了忙。他鼻尖上那一点点蜡，让鼻子显出一种不寻常的歪斜，却极其有效地把他打造成一个对科学有极大热情的科学家。总之，我必须坦白地说，梅德赫斯特让我们无地自容。在这个训练有素、感觉敏锐的职业侦探身边，我们很快就发现，敏锐如查尔斯这样的人，也成了睁眼瞎。

最绝的是，梅德赫斯特和我们在一起的时候，真邪了门儿，克莱上校真的就再没出现过。诚然，我们时不时会遇到一些让梅德赫斯特怀疑的人，但是经过短暂的调查之后（我得说，他的手法极其高明，让人钦佩），这位卧底又总会告诉我们，那些可疑人物是清白的，是小有名气的人，他还会绘声绘色地详细讲述他们的家世背景。他有着质疑一切的天分，真是一个奇才，他怀疑每一个人。如果一个老朋友来与查尔斯谈生意，事后我们就会发现梅德赫斯特一直就藏在窗帘背后，并且对整个谈话都进行了记录，而且还用一部柯达相机偷拍了假想敌。要是一位身材臃肿的老太太前来拜访阿梅莉亚，梅德赫斯特肯定会藏在客厅的褥榻下，睁大了眼睛仔细观察，看她是不是衣服里塞了垫子的皮卡尔夫人。有天晚上特雷斯科夫人把她四个长相平平的女儿带来参加家庭聚会时，梅德赫斯特穿着晚礼服，扮成一个服务员，拿着冰块，放肆地跟着她们每个人在房间里逛了个遍，得意地观察她们的肤色，有几分是真的，有几分是明显涂了脂粉的，还有几分闪着绸缎般的光泽。他怀疑查尔斯爵士的侍从辛普森就是身着便衣的克莱上校，他还有几分觉得凯萨琳娜就是那位活泼的"白杜鹃"的另一副面孔。我们跟他说，辛普森常常都是跟戴维·格兰顿同时出现在一个房间里的，但是没用。我们还说在卢塞恩的时候凯瑟琳娜还给布拉巴宗太太梳了头发，这稍微让他有点满意了，但也只是一点点。他说辛普森有可能扮演着某个不为人所知的双重角色,至于凯瑟琳娜,她也许有一个双胞胎姐妹,她扮演皮卡尔夫人的时候,她的同胞姐妹就来替代她。

不过,尽管他的关照有些过度,或者说,也恰是因为他的过度关照,克莱上校真的就消停了好几个星期。我们想到了一种解释。有没有可能,他知道有人在守护着我们?他害怕跟这个训练有素的侦探较量吗?

如果真是这样,他是怎么发现的呢?我隐隐地觉察到什么,但是,无论如何,我都不会跟查尔斯提起,很明显,凯瑟琳娜极其讨厌范德瑞夫特家里的这位新来客。她不会在侦探的房间里停留,对他也没有表示出应有的礼貌。她总是这样说他,"那个可恶的梅德赫斯特"。其他仆人都还蒙在鼓里,难道她已经猜到了,他就是来搜查上校的卧底?我倾向于这样认为。而且,我又想到了,关于钻石事件的来龙去脉,凯萨琳娜都知道,而且,带我们去见立本斯坦城堡的也是她,给拉奇河谷那边的伯爵寄信的人也是她!

如果真如我猜的那样,凯瑟琳娜跟克莱上校是同伙,那么,她对这个到这里来抓她头儿的侦探表现出明摆着的厌恶,不就很自然了吗?一旦她的同伙靠近这个侦探,她就给他发出危险警报,还有比这更简单的吗?

但是,想到支票这一出,我就太害怕了,我根本不敢跟查尔斯透露一点儿我的疑念。我宁愿静观其变。

一段时间后,梅德赫斯特的警惕变得令人十分讨厌。他不止一次地拿着那些报告和速记笔记来找查尔斯,让我这位卓越的大舅子感到十分厌恶。"这个家伙对我们了解得太多了。"有一天查尔斯对我这么说,"天哪,西摩,他什么都要监视。你知道吗,前几天,我跟布鲁克菲尔德秘密会谈,商讨戈尔康达钻石的事,尽管我事先查看了屋子确定他不在里面,后来知道他就藏在安乐椅下。事后他拿着我们谈话的详细笔记来找我,跟我保证说,他觉得布鲁克菲尔德——我认识了十年的人——并不是乔装打扮的克莱上校,他比克莱上校高了半英寸。"

"哦,不过,查尔斯爵士。"梅德赫斯特突然从书架后面冒出来,大声说,"你千万不要仅仅因为你认识谁已经有十来年了,就觉得他无可置疑。克莱上校可能在很多时候扮成各种各样的人接近过你,他也许已经逐渐形成了这个路数。此外,当然,我非常清楚,一个侦探总是要对他的雇主家庭有充分的了解,有些是他不应该知道的,但是正如医生和律师一样,职业荣誉与行规会让他守口如瓶。你压根儿不用担心我会泄密,要是我真的那么做了,我的职业生涯就完蛋了,我就名誉扫地了。"

查尔斯大惊失色,看着他,冒出来一句:"你敢说,你一直在听我和我的妹夫兼秘书的对话?"

"是啊,当然了。"梅德赫斯特回答说,"我的职责就是听人说话,并且怀疑每个人。如果你非要逼我说出来,我会说,我怎么知道克莱上校就不是温特沃斯先生呢?"

查尔斯狠狠地瞪了他一眼,说:"以后,梅德赫斯特,没有我的允许,在我不知情的情况下,不准你藏在我的任何一个房间里!"

梅德赫斯特礼貌地鞠了一躬,回答道:"好的,查尔斯先生,悉听尊便。只是,如果您坚持一开始就束缚了我的手脚,我怎么才能做一个能干的侦探呢?"

我又从他的口音里听出一丝美国味。

不过,这次遭拒之后,梅德赫斯特似乎鼓起了勇气。他处处都拿出了加倍的警惕来。"这不是我的错。"有一天他哀伤地说,"我的名声那么好,我在你身边的时候,这个坏蛋都不会靠近你。就算我没法逮住他,至少我也让他离你远远的了!"

不过,几天后,他给查尔斯带来了一些照片。他得意扬扬地把照片拿出来,第一张是一个身材矮小的牧师半身照。他非常兴奋地问:"瞧,这是谁?"

我们睁大眼睛了看着照片,同时喊出一个名字:"布拉巴宗!"

"这个怎么样?"他又拿出另一张照片问道。照片上是一位身着蒂罗尔式服装的俊俏年轻人。

我们喃喃道:"立本斯坦伯爵!"

"这个呢？"他一边说着，一边拿出一张女士的照片，她斜视的眼睛很迷人。

我们异口同声说道："小格兰顿夫人！"

梅德赫斯特当然对自己的成果非常得意。他带着一种胜利的神色把照片放回他的小笔记簿中。

"你是怎么搞到这些照片的？"查尔斯问。

梅德赫斯特的表情很神秘。"查尔斯爵士，"他站起来说道，"在这件事情上，我一定要请你暂时相信我一下。记住，总有些人是你不愿怀疑的。而据我所知，恰恰是这样一些人，对资本家来说最危险。要是我现在就把那些人的名字告诉你，你是不会相信我的。因此，我得暂时有所保留。不过，有一件事我得说，我此时此刻就知道克莱上校在哪儿。只是，我得详细部署我的计划，并且有望不久就能捉住他。我捉住他的时候，你也会在场，而且我会让他公开承认他的身份，让你大吃一惊。到时，不管你是否想逮捕他，我都会交给你定夺。"

这个稀奇的关子，让查尔斯相当不解，甚至要发火了。他苦苦央求梅德赫斯特，但梅德赫斯特很顽固。"不行，不行。"他说，"我们做侦探的也有自己的职业尊严。要是我现在就告诉你了，你冒冒失失就会把事情搞砸，你太张扬、太冲动了！我只想说一点：克莱上校马上就要到巴黎了，不久就会对你下手，现在他正在酝酿他的欺诈计划。

记住我的话吧,到时候你就可以看看,我是不是已经对这个家伙的行动了如指掌了!"

他的话完全正确。如他所料,两天后,查尔斯收到了一封来自巴黎的"密信",这封信据称是来自一家二流金融机构的首脑,他曾经处理过克雷格·拉奇公司合并业务——现在,我必须称之为一个成功的联合公司了。这封信本身不重要——只是一些具体细节的阐述,但是如梅德赫斯特所料,这封信为后来更重大的形势的发展,铺平了道路。这一次,这人的非凡远见得到了证实。另一周里,我们收到了第二封信,信里有一位精明的金融界人士的提议,这牵涉到将大约两千英镑转账给巴黎一家公司的负责人,地址在信里已经给出了。梅德赫斯特将两封信跟之前查尔斯收到的有克莱上校和立本斯坦伯爵名字的信件进行了巧妙的对比。乍一看,两者之间的差异真的很大:巴黎的来信字体宽大,是黑体,而早期的书信字体更小,纤细、整洁,更加文雅。梅德赫斯特对我们指出对方在写大写字母时的弯曲的笔画,还有字母"t、l、b、h"的高度都有一些特点,我们能看出来他说的没错,二者都是出自同一人之手,有的信是用一支尖头笔写的,字体非常小,另一些信,则是用一支粗大的鹅毛笔书写的。

这个发现非常重要。现在,我们跟克莱上校的距离,可以说是触手可及,我们完全可以把他的造假证据摊在他面前,让他无处可逃。

不过，为了确保万无一失，梅德赫斯特跟巴黎警方做了沟通，并把警方的回复告诉我们。同时，查尔斯继续写信给那个公司的主管，那位主管给了我们一个私人地址，在让-雅克街，并给出了一个相当聪明的原因说明这次会谈应该保密。不过，我们必须考虑克莱上校是相当狡猾的。最后，这次会面这样安排：我们三人一行去巴黎，梅德赫斯特假扮查尔斯，他要支付两千英镑给这位冒牌金融家，我和查尔斯就跟警察一起等在门外，一收到信号，我们就冲进去把罪犯捉住。

我们就这样去了，照查尔斯的习惯，下榻格兰顿酒店。我更喜欢布里斯托尔，他却觉得那里太安静了。第二天一早，我们乘一辆小马车前往让-雅克街。梅德赫斯特已经提前跟巴黎警方安排好了一切，三名协助我们的警察，身着便衣，就守候在楼梯口。查尔斯还从法兰西银行提取了两千英镑的银行券，以备及时支付。毫无疑问，一桩罪行，无论已经得逞还是未遂，都要接受惩罚，只是前一种情况，要监禁十五年，后一种情况只要三年。他的情绪很高昂。我们满世界地追查那个混蛋，终于有望在一个小时内就将他缉拿归案，这事儿本身就让他备受鼓舞了。不出我们所料，我们发现让-雅克街这个地址上的数字不过是一家旅店的门牌号，并不是私人住宅。梅德赫斯特第一个进去，询问酒店老板我们要找的人是否在房间里，同时，又告诉他我们此行的目的，并让他理解，要是我们在他的协助下完成这次逮捕计划，查尔斯爵士会全额支付那个骗子在这里的所有费用，以示酬劳。旅店老板鞠了一躬，表达了深深的遗憾，因为上校先生——我们听到老板这样称呼他——是一个非常随和的人，家里人都很喜欢他。当然了，正义必须伸张，所以，他遗憾地叹了一口气，答应协助我们。

警察在楼下，查尔斯和梅德赫斯特一人手上拿着一副手铐。只是，我们还记得波尔佩罗，决心要谨慎行事。只有在对方激烈反抗的时候才能用上手铐。我们悄悄摸到那个混蛋的房间门口。查尔斯把银行券塞进一个信封，递给梅德赫斯特，梅德赫斯特急忙抓过信封，拿在手里准备行动。我们商量了一个暗号。不管什么时候，只要他一打喷嚏——他会做得很自然——我们就推开门，冲进去把罪犯捉住！

他走了几分钟。查尔斯和我在外面凝神屏气地等着，过了一会儿梅德赫斯特打了个喷嚏。我们立即把门打开，扑倒在那个家伙身上。

我们扑到罪犯身上的时候，梅德赫斯特站起身，用手指着那人，说道："他就是克莱上校，我下去叫警察上来抓他，你们看好他！"

一位风度翩翩的男人立刻站了起来。他大约中等身材，胡须花白，长相一看就是军人。查尔斯之前塞进银行券的那个信封就放在他面前的桌子上，他紧张地攥着信封。"先生们，我完全不明白。"他激动地说，"你们怎么就突然闯进来了？"他的声音在颤抖，但是非常礼貌，那种礼貌是我们在小牧师和戴维阁下身上所见到过的。

"少废话!"查尔斯用命令的口气大声说,"我们知道你是谁。我们这次终于找到你了。你就是克莱上校。要是你敢反抗——小心点——我会给你上手铐!"

这位绅士军官吓了一跳。"是的,我就是克莱上校。"他回答,"但是你以什么罪名逮捕我?"

查尔斯气得肺都要炸了,这个家伙却如此冷静。"你就是克莱上校!"他喃喃说,"你真是无耻到了极点,还好意思站在这儿承认自己就是!"

"当然了。"上校变得急躁起来,说,"我没有做任何昧良心的事。你这样说是什么意思?你竟敢说要逮捕我?"

查尔斯把手按在那个人的肩膀上。"来吧,来,我的朋友。"他说,"你这种虚张声势,我们不会买账的。你很清楚我为什么要逮捕你,而且已经有警察实施这场抓捕。"

他大喊一声"进来",警察就冲进了房间。查尔斯尽量摆出一副巴黎人的姿态跟他们解释了接下来要做什么。上校非常愤怒地站起来,转过身,用流利的法语跟他们打招呼。

"我是为英国女王陛下效劳的军官。"他说,"先生们,你们凭什么来骚扰我?"

警长解释了一番。上校转过来问查尔斯:"先生,请问您的名字是?"

"你非常清楚。"查尔斯回答,"我就是查尔斯·范德瑞夫特爵士,而且,你再怎么伪装,我都能马上认出你。我认得你的眼睛和耳朵。你就是那个在尼斯欺骗我的人,你就是那个在岛上羞辱我的人。"

"你是查尔斯·范德瑞夫特爵士!"这个流氓大喊道,"不,不,先生,你是个疯子!"他看了看周围的警察,大声说:"你们得小心自己在干什么!这是个满口胡话的疯子!我今天才跟查尔斯·范德瑞夫特爵士有过来往,这些先生们进来的时候,他刚离开。这个人是疯子,还有你,先生,我丝毫不怀疑。"说着他对我鞠了一躬,"你就是他的监护人。"

"别让他骗了你们。"我对警察喊道。我担心,这个家伙如此狡猾,他现在就会设法从我们手里逃脱。"你们抓住他!我们会负责的!"但是我一想到他手里握着我的支票,我就浑身发抖。

我们有三名警察,队长走上前,把手按住上校的肩膀。"我劝你,上校先生,"他用一种官气十足的声音说道,"暂且乖乖地跟我们走,到法官面前,我们再详细讨论这些问题。"

上校依然十分生气,不过很神奇,他非常配合地乖乖跟他们走了。

"梅德赫斯特去哪儿了?"我们走到门口时,查尔斯朝四周看一眼,问道,"我希望他跟我们一起来。"

"您在找您的那位朋友吗?"旅店老板问道,一面侧身向上校鞠了一躬,"他坐着马车走了,他要我把这张便条交给您。"

他给我们一张折得皱巴巴的纸条。查尔斯打开读了起来。"他真是超人啊!"他大声说道,"西摩,听听他怎么说的:'抓到了克莱上校,我现在去追踪皮卡尔夫人了。她就住在同一个旅馆,现在已经跑掉了;我知道去哪里找,我现在就要去捉她。匆匆忙忙的,梅德赫斯。'这就是机智啊,要是你欣赏的话。但是,可怜的小女人,我觉得他已经抛弃了她。"

"请问皮卡尔夫人住在这里吗?"我问老板,我想她也许又用回了那个旧名字。

他点点头,回答道:"是的,是的,她刚刚走了,您的那位绅士朋友随后也走了。"

"真是太棒了!"查尔斯大声说,"马维利尔说得太对了,他真是侦探中的佼佼者。"

我们叫了两辆马车,分两路直奔预审法官那儿去了。一路上,克莱上校依然厚颜无耻地说自己是驻印度军队中的一名军官,请了半年假,回家途中在巴黎逗留几周。他甚至说大使馆里有人认识他,他的一个表弟就是使馆职员;他还要求立即从我们的大使馆中找出这位先生去指认他。预审法官说一定会这么做的,而这种愚蠢的手续让查尔斯等得心情很糟糕。毕竟,这明显就是我们已经逮到那人,而他想耍花招逃跑。

在这一个多小时里,克莱上校跟我们一样又急又气,最后他的表弟终于来了。让我们又怕又惊的是,这个表弟直接朝他走上来,非常热情地握手行礼。

"喂,阿尔吉!"表弟握着他的手叫道,"怎么了?这些混蛋想对你怎么样?"

这个时候,我们才开始想到,梅德赫斯特所谓的"怀疑一切人"——真正的克莱上校并不是普通冒险家,而是一个出身高贵且跟高层有联系的绅士!

上校怒气冲冲地瞪着我们。"这人说自己就是查尔斯·范德瑞夫特爵士,伯蒂。"他绷着脸说,"但是,实际上,有两个爵士,他还控告我伪造文件、金融欺诈还有盗窃。"

这位使馆工作人员盯着我们细细看了看。过了一会儿,他答道:"这就是查尔斯·范德瑞夫特爵士,我记得在一个城市晚宴上听过他的一次演讲,查尔斯爵士,请问您为什么告发我的表兄呢?"

"你的表兄?"查尔斯大叫道,"这就是克莱上校,臭名昭著的骗子!"

这位工作人员露出一个傲慢又温和的微笑说道:"这就是孟加拉参谋团的克莱上校。"

我们马上想到,肯定是哪里又弄错了。

"但他一直都在欺诈我。"查尔斯说,"从两年前在尼斯开始,已经有很多次了,而今天,他骗走了我价值两千英镑的法兰西银行的银行券,现在就在他身上!"

上校一言不发,但工作人员笑了。"他今天做了什么,我不知道。"他说,"可是,如果你要说他两年前就伪造了什么,你可就彻底弄错了,先生,因为那时候他还在印度,我也在那里,经常去看望他呢。"

"两千英镑在哪儿?"查尔斯大声说,"天哪,就在你手里拿着呢!你拿着这个信封!"

上校交出了信封。"这个信封,"他说,"是那个短头发男人留给我的,他在你之前来这儿,说自己是查尔斯·范德瑞夫特爵士。他说他对阿萨姆茶很感兴趣,希望我能加入某个空头公司的董事会。我想,这些是他的文件吧。"他把信封递给了表弟。

"哎,无论如何,幸好这些银行券还在。"查尔斯松了一口气,喃喃道。他忽然觉得哪里不对劲,问道:"可否请您把这些还给我?"

工作人员把信封里的东西拿出来,里面居然都是些空头公司的招股说明书,完全没有任何价值。

"梅德赫斯特肯定把银行券拿走了。"我喊道,"然后卷款逃跑了。"

查尔斯气得浑身发抖,他拍了一下前额,大叫道:"梅德赫斯特才是'克莱上校'!"

"您说什么，先生。"上校插嘴道，"我只有一个身份，没有别名。"

我们花了足足半个小时来解释这场误会，又是法语又是英语的，不过一旦一切都解释清楚，我们和预审法官都心安了，这位真正的上校还十分慷慨地跟我们握了握手，还告诉我们，他不止一次地感到纳闷，他在巴黎的许多商店里报出自己的名字时，为什么大家都用那种极其狐疑的眼光看着他。我们向警方说明，真正的罪犯是梅德赫斯特，是他们亲眼见过的那人，我们还敦促他们一起跟他去抓人。同时，我和查尔斯在上校和使馆工作人员的陪同下——用他们的话说，"去看好戏"——打电话给法兰西银行，让他们立刻冻结那笔资金。但是已经晚了。那笔钱已经换成了黄金，是一位穿着美式服装的亲切和蔼的小女人干的，根据我们的描述，旅店老板认出她就是自己的房客，皮卡尔夫人。显然为了接近印度上校，她也住在同一家旅店里，而且收发信件的人就是她。至于我们的死对头，跟以前一样，又人间蒸发了。

两天后，我们一如既往地收到了一封嘲讽的信，信纸还是从查尔斯自己的别致的笔记本上撕下来的一页。上一次，他是写在克雷格·拉奇家的纸上的，这一次，像放肆的灰头麦鸡一样，他为自己换了一副羽冠。

聪明的百万富翁！——作为梅德赫斯特，我是不是说过，你一定不要信任任何人？你做梦都没想到，不该相信的那个人就是——梅德赫斯特。不过,你看,我是多么真诚!我告诉你,我知道克莱上校住在哪儿——我真的知道。我答应带你去克莱上校的房间,帮你逮捕他——我信守了诺言吧。我甚至还超出了你的预期,因为我给了你两个克莱上校,而不是一个——但是你抓错了人——也就是,你抓住了那个真的克莱上校。这是个聪明的小把戏,但是让我费了不少功夫。

第一,我发现真的有个克莱上校,就在印度军队中。我也发现这期间他正好休假,在回家途中。当然,我也可以从他身上搞出点什么来,但我不想去惹恼他,我宁愿享受这次特别的猜谜游戏。因此,我就等着他来巴黎,在这里,警察的部署比在伦敦更合我心意。就在我等他返回,推迟了我的行动时,正好听说你想找一个侦探,所以我就跟我的老东家马维利尔自荐,我过去从他那儿揽了不少好活儿。一句话,你这不就抓住货真价实的上校了吗?

当然,经历了这一遭,我再也不可能去马维利尔手下当侦探了。但是,很大程度上,我明白了,自从我第一次愉快地结识你之后,这些都不重要了。说真的,我开始觉得,做侦探有点儿屈才了。现在,我是一名有钱又有时间的绅士。另外,我在你家里获得的有关你们行动的信息,还会在将来帮助我再次作用在你身上。所以，就看我的小羊羔能不能侥幸逃过一劫吧。换个比喻说，你的毛还没被完全剪光呢。

记得替我向你可爱的家人致以最诚挚的问候，问候温特沃斯，告诉凯瑟琳娜，我欠她一份怨恨，我永远都不会忘记的。她明显早就怀疑我了。你太有钱了，亲爱的查尔斯，我来给你放放血，给你减减负。因此，我想我是——你最真诚的朋友。

克莱—布拉巴宗—梅德赫斯特
皇家外科医师学会会员

这样的威胁让查尔斯勃然大怒。这个打击太大了。"我还能相信谁？"他哀怨地说，"我雇来保护我的侦探，到头来却是骗子！你还记得拉丁语法书上的那句诗吗，大概是'谁来监控监控者？'"

但是，我觉得这一次，至少消除了我对可怜的凯瑟琳娜的怀疑。

塞尔登金矿

我们回伦敦的路上，查尔斯和马维利尔两人在谈及梅德赫斯特时出现了分歧。

查尔斯坚持认为马维利尔早该知道那个短发男人就是克莱上校，万不该推荐他，马维利尔则坚持说查尔斯亲眼见过克莱上校起码六七次了，他自己可是从来都没见过呢，因此我那可敬的大舅子被那个流氓坑，谁也怨不着，只能怨他自己。探长说他自己认识梅德赫斯特已经十年了，他历来是一位非常可敬的人，还是一位纳税人，而且探长历来认为他的侦察才能是一流的，实际上，梅德赫斯特也可能最擅长以贼捉贼这一招。不过，这次最后结果，跟过去一样，还是无功而返。

失去一位这样优秀的左膀右臂令马维利尔大感遗憾，但他声称自己已经为查尔斯爵士尽力了，要是这样查尔斯爵士还不满意的话，唉，那他将来想抓克莱上校之流的话，就自己去抓吧。

"我会的，西摩。"我们从事务所出来，经过皮卡迪利广场，沿斯特兰德大街往回走时，查尔斯对我说道，"我再也不会相信这些私家侦探了。我觉得他们自己就是一帮小偷，跟派他们去抓的那些流氓串通一气，跟那些祖鲁人一样毫无节操。"

"还不如找警察呢。"我提议道，努力让自己显得能帮上忙，人总要对自己雇主的事情关注些吧。

但查尔斯摇了摇头，"不，不。"他说，"我受够这些家伙了。将来我还是多靠自己的脑子吧。我们都是从经验中学习的，西摩，我也多少学到点儿东西了。其中一条就是：怀疑所有人是不够的，你还必须不带任何先入之见。如果你想应付这种水准的流氓，除了不信任所有人之外，你必须把自己所有固化的观念都卸掉。那才是通往成功的道路，那就是我决意追求的。"

因此，为了去追求成功，查尔斯启程返回塞尔登。

"时间越久，那个人就变得越坏。"一天早上，他对我说道，"他就像是一头尝过了血腥的老虎一样，每一次成功的猎捕都只会让他更加渴望再来一次。我完全相信，要不了多久，我们就能在这一带再见到他。"

果不其然,大概三个星期之后,我可敬的亲戚就收到了那个寡廉鲜耻的骗子的来信,上面贴着奥地利的邮票,盖着维也纳的邮戳。

亲爱的范德瑞夫特:

(咱俩变着法儿认识彼此这么久了,无疑早该抛下"查尔斯爵士""上校"那一套荒谬可笑的俗礼了。)

我此番来信,是要问您一个比较微妙的问题。可否烦请您告知一下,过去三年间,从您诸多慷慨之举中,我到底赚了您多少?我把记账本给搞丢了,作为一个诚实的、讲良心的公民,我迫切地想要记下三年间从您那里获得的平均利润。这次我并未提供我的私人地址,不管是巴黎还是别的什么地方的,原因您自然明白。但若能劳您在《泰晤士报》私事栏上登个报,以彼得·森坡之名广告一下总额的话,那您可就是帮了税务官一个大忙了,同时,也是帮了您始终如一的朋友和伙伴——卡斯伯特·克莱一个大忙。

一个实用社会主义者敬上

"记住我的话,西摩。"查尔斯把信放下,说道,"过不了一周,他本人就会有动作。这不过是他狡猾的把戏罢了,想让我以为他已经安然逃到国外,远离塞尔登了。那正好说明他其实正在谋划着下一次出击。但上一次,当他还是梅德赫斯特侦探的时候,他透露了太多信息给我们。他教了我们一些伪装的套路,以及如何揭穿它们,这我可不会忘掉。这一轮我会扳回一城的。"

话说,那周星期六的时候,我们正沿着通往村里的大路散步,路上就遇到了一个看起来还挺绅士的男人,那人穿着一身粗制随性的棕色花呢便装,散发着一种游客气息。他是个中等身高的中年人,肩膀上挂着个皮包,正盯着那些石头看,样子十分可疑。他走路的样子引起了我们的注意。

"早上好啊。"我们经过的时候,他抬起头来跟我们打招呼。查尔斯也板着脸含糊地回了一句:"早上好。"

我们不再多说,继续往前走了。"嗯,不管怎么说,那人不是克莱上校吧。"走到别人听不见的地方时,我这么说道,"因为这个人是主动搭话的。你应该还记得吧?克莱上校最显著的特性之一——就跟个乖孩子一样——别人不跟他说话,他是不会主动开口的——从不主动结识别人。他总是会等着我们先迈出第一步,他似乎不是特意来骗我们的人,而是就在附近瞎晃,等着我们自己上钩。"

"西摩,"我大舅子用一种严厉的语气答道,"你看,你现在正好就犯了我警告过你别犯的错,被先入之见牵着鼻子走!要摆脱固化思维啊。这人很可能就是克莱上校,基本上塞尔登这一带是见不到什么陌生人的。如果这人不是克莱上校,那我倒想知道,他到这儿干吗来?

难道在这里还能通过其他路子挣到什么钱吗？我要去打听一下这个人。"

于是我们顺便去了趟克罗莫地阿慕斯酒店，向善良的梅拉克伦夫人打听，她是否了解那个文质彬彬的陌生人的情况。她告诉我们她觉得此人是打伦敦来的，倒是个颇随和的绅士，他夫人陪着他一道来的。

"哈！年轻吗？漂亮不？"查尔斯问道，他看了我一眼，眼神里大有深意。

"啊呀，查尔斯爵士，她怕谈不上你叫作漂亮小姐的那种呢。"梅拉克伦夫人答道，"但她那身材倒是好呢，咋说，衣服穿得气派的那种女人。"

"正如我所料，"查尔斯自语道，"他把戏还挺多的。这家伙让她扮了教区牧师的老婆'白杜鹃'，扮了皮卡尔夫人，扮了斜睨眼小个子的格兰顿夫人，她还当过梅德赫斯特的同伙。对于一个还真算得上年轻漂亮的女人，他办法基本上都想尽了吧，啥都扮过了。所以他这回就干脆把她弄成个成熟点儿的产品———一个俊俏的人妻。聪明，太聪明了。不过呢——我们也开始识穿他了。"说着，他不禁窃笑起来。

第二天，我们又在山腰遇到了我们那位陌生人，他还是跟之前一样在忙着看那些石头，还拿个锤子敲来敲去听声儿。查尔斯拿胳膊肘碰碰我，悄声道："这次我都看穿了。他装成了一个地质学家。"

我好好打量了他一下。当然了,迄今为止我们已经领教了克莱上校各种的伪装,我也观察到,尽管他的鼻子、头发、胡子变来变去,但眼睛和体格从来都是一样的。这人有点儿结实,当然嘛,作为一个四五十岁的男人,是发了福的。他额上的皱纹却是一个不如克莱上校的艺术家也能轻易假扮的。但我感觉我们对此人身份的怀疑多少还是有些根据的,目前还不能贸然把此人身上克莱的迹象当成异想天开排除掉。

他太太就坐在附近的一块大石头上,拿着一本诗集在读。这可是个重大转变啊,居然在读一本诗集!这完全符合一个受过教育家庭的设定啊。"白杜鹃"和格兰顿夫人就从没读过诗歌。但那就是克莱上校,还有克莱夫人——我觉得我必须这么称呼她——易容的特点吧,他们从来都不仅仅是伪装外表而已,而是经过一番戏剧性的研究,拿出成熟的作品。那两个人就是一对演员,一双流氓,他们俩扮的那些角色都简直演绝了,难以复制。

要照老规矩,查尔斯对于随意闯入塞尔登的人向来绝不客气,他们从来都是遭到冷遇,或者直接赶出去。但在眼前这种情况下,他有理由讲讲礼貌。他走上前去,对眼前的女士鞠躬致意:"天儿不错啊,"他说道,"不是吗?海边这一带,石南也散发着香甜的气息。我猜,你们是在那家旅馆歇脚吧?"

"是啊,"女士答道,仰头看他,露出迷人的微笑,("这种微笑太熟悉了,"查尔斯对我低语道,"我栽在上面无数回了。")"我们住在那家旅馆,我先生在这山上进行地质考察。但愿查尔斯·范德瑞夫特爵士别来把我们给抓了。他太看不起闯入者了。旅馆里那些人跟我们说,他可是凶悍得很啊。"

("还是这么个俏皮的娘们儿。"查尔斯对我低声道,"她故意这么说的。")"不,我亲爱的夫人,"他高声道,"他们把你坑得不轻呀。鄙人就是查尔斯·范德瑞夫特爵士,我可不是什么凶悍的人。如果你先生是一位科学工作者,我肯定是尊敬他、欣赏他的。我能有今天的成绩,也是多亏了地质学呢。"说着,他自豪地挺直了身板,"我们都得感谢南非矿业发展带来的甜头。"

女士脸红了,一个成熟女人脸红可不太常见——但我恰好见过皮卡尔夫人和"白杜鹃"脸红。"噢,真对不起。"她说道,那语气带着格兰顿夫人的感觉,让人难以分辨,"请原谅我草率的话吧,我……我不知道是您。"

("不知道才怪。"查尔斯小声说,"不过暂时先不深究吧。")"噢,您别那么想。您还不知道吧?太多人打扰到了这里的禽鸟,所以我们才不得不出于自卫来提示闯入者离开我们美丽的山地。但我那么做的时候也是怀着惋惜之情的——深深的惋惜。我自己也热爱……呃……

自然之美。嗯，所以，我也希望别人都能够尽情地去感受它们——可能——也就是说，始终还是要充分尊重别人的所有权才行。"

"我明白了。"女士答道，带着兴致抬头看着他，"我赞赏您的愿望，虽然不怎么认同您的保守。我这会儿正在读华兹华斯写的几行优美的诗句：

"噢，甘泉、草地、山川、果园，

"我们的爱永不会断！

"我猜您应该读过吧？"她面带愉快的笑意问道。

"读过？"查尔斯答道，"读过！噢，当然，读过的。当年曾是我最喜欢的诗句呢——事实上，我很爱华兹华斯。"（我怀疑查尔斯这辈子一句诗都没读过，只有在《运动时报》上读过几句多斯·恰德道斯。）他拿过那本书，扫了一下上面的句子。"啊，妙哉，妙哉！"他用最陶醉的语气说道。但他的眼睛却在瞟那女士，而不是在看诗。

我立即看透了一切。无论那个女人伪装成什么形象出现在查尔斯面前，也无论他识破与否，他都无法抵抗皮卡尔夫人的魅力。眼下他实际上已经对她起了疑心了，但是呢，就像扑火的飞蛾一样，他尽自己最大的努力扑腾着翅翼，奏起音乐！他何其聪明，然而我几乎鄙视起他来了，我深信，一旦牵扯到女人，最伟大的男人往往就成了最大的傻瓜。

她的丈夫这时也走上前来加入了我们的对话。按他自己的说法，他名叫福布斯-加斯克尔，在北方某所新近兴起的大学任地质学教授。他说，此行是来塞尔登研究石头的，有了不少有趣的发现。他喜欢化石，但他最特别的爱好是在石头和矿物上面。他对烟水晶、玛瑙这一类漂亮的东西知识颇丰。他还向查尔斯展示了山腰崖壁上的石英、长石和红玉髓，还有些其他什么我不清楚。查尔斯听着他谈这些东西，装出感兴趣的样子，甚至还带着点儿尊敬，一点都没让对方发现，他其实心里有数，对方展示这些近来恶补的知识居心何在。如果我们想抓住这个人的话，我们就一定不能让他看出我们在怀疑他。所以，查尔斯这次也玩起阴的来了，对眼前这个地质学家说的话，他照单全收。

那天上午，我们把大部分时间都花在了那个山腰上，跟他们待在一起。查尔斯带他们到处逛，向他们展示各种事物。他假装对这个科学工作者礼貌有加，对那个诗意的女士也很礼貌，简直不能更礼貌了。还没到午饭时间，我们就已经建立起相当的友谊来了。

克莱夫妇向来是非常好相处的人，至于他们的流氓行径，都是遮在背后的，我们难以否认，他们真的是让人感到愉快的同伴。查尔斯邀他们共进午餐。对方欣然应邀。他眉飞色舞地把他们介绍给阿梅莉亚。"福布斯-加斯克尔教授及夫人。"他说道，他说得太用力，下巴都快错位了，"亲爱的，他们下榻在旅馆那里。我带他们逛了逛这一带，而且他们还肯赏脸尝尝咱们冷冰冰的烤羊排。"查尔斯开玩笑就是这么个套路。

阿梅莉亚带他们上楼洗手——教授真是急需洗洗手了,他捣鼓了一番石头,手指缝里都沾满了尘土。他们一走,查尔斯就把我拉进书房。

"西摩,"他说道,"这次我们务必比以往任何时候都小心,别被先入之见牵着走。我们绝不可以认定此人就是克莱上校——同样,也不能认定他不是。我们以前在这两条路上都栽过跟头,万不可重蹈覆辙。我会为这两种可能性都做好准备——必要的情况下,警察也要做好准备逮捕他们!"

"真是个妙计。"我小声说道,"但是,可否容我斗胆发表看法。这两个人是计划怎么坑我们的呢?他们手上没什么计划——没有城堡,没有公司可合并。"

"西摩,"我大舅子用他那种老板腔调答道,"你操心得太早了,正如梅德赫斯特说过的——我是指,克莱上校假扮梅德赫斯特时说的,首先,这才刚开始呢,我们的朋友还没有研究出什么计划。要不了多久,我们应该就会发现,他们要么有什么产业要卖,要么有个公司要推广,再不然就是在非洲或别的什么地方有块租借地要开发。其次,我们并不是总能看透他们计划的本质,这么说吧,只有在我们手里摊开了,其本质才会揭晓。没什么能比梅德赫斯特侦探更透明了吧?他却在眼看就要胜利的当口拿着咱们的钱溜之大吉。还有什么能比'白杜鹃'和那个小牧师更天真无邪的？最后他们却拿阿梅莉亚自己的珠宝摆我们一道，还让我们以为占了天大的便宜。我断不会仅仅因为暂时还没识破他们酝酿的伎俩，就理所当然地认为他不是克莱上校。这个流氓套路太多了，有些套路隐藏得太深，不到最终爆发的一刻，你怎么都察觉不到隐患的存在。因此，我就只能假定到处都是隐患了。但是其三——注意，这一点非常重要——记住我说的话，我相信我已经知道他正在谋划的套路了。他说的，他是个地质学家，对矿物有兴趣。很好。你等着瞧吧，要不了多久，他就会跑来告诉我他发现了一个煤矿，至于位置，他还要考虑考虑才决定要不要揭晓。要么他就会说长山下面埋着绿宝石，想让他协助开发的话，他就要占个大股份啥的，再不然他可能就会用矿物学来套我。从那个家伙脸上我就把这些看得透透的了。这次我下定了决心，无论他找什么理由，我一个子儿也不会给他，他也休想从我手里跑掉！"

我们进去吃午饭，福布斯－加斯克尔夫妇满脸堆笑与我们一同用餐。我不知道是不是因为查尔斯警告过我不要把任何事情想得理所应当——反正在餐桌上我全程都密切留意着这个可疑的男人。我惊讶地发现他的头发有点古怪，发色似乎不是非常一致。他头上大部分头发都是浓密的黑色，但后脑勺边垂在衣领上的那一缕却要稀疏一些，也更偏灰白。我仔细观察了一番，越是观察，就越来越断定：此人戴着一顶假发。绝对是这样！

跟克莱上校的大部分打扮比起来，也许这次就稍微欠缺一点艺术水准了吧。但是接着我就开始反思（查尔斯定的原则：不要把任何事情想成是理所当然），我们从来没有怀疑过克莱上校本人，除了他扮作戴维阁下那次，那次他的红头发和络腮胡糟糕得连皮卡尔夫人都承认它们看起来假得出奇，忍不住指着它们发笑。很可能在每一次接触里，只要我们仔细观察眼前的人，他的伪装都会立即被识破（以前梅德赫斯特就这么说过），一切都逃不过一个敏锐的观察者的眼睛。

事实上，那个侦探告诉我们太多了。我还记得他跟我们说过，当初我们对戴维·格兰顿起疑的时候，我们就该把他的红假发扯下来。所以当男仆把炸薯片端上来的时候，我努力用一种笨拙别扭的姿势去拿它们，好假装不小心用手肘把我怀疑的假发碰落。但最终无果，这家伙好像早就料到了或者对我的意图起了疑心，小心地闪到了一边，就像一个人早就习惯了在各种真真假假的意外中保护自己的伪装。

我心里全装着我的重大发现，所以午饭一完，我就撺掇伊莎贝尔带我们的新朋友到花园里去看看，让他们见识见识查尔斯引以为傲的大丽花，然后我就马上向查尔斯和阿梅莉亚描述了我的观察和失败的尝试。

"就是假发。"阿梅莉亚表示赞同,"我一眼就看出来了。当然也是一顶很好的假发,戴得无可挑剔。男人们是发现不了的,但是女人就能。西摩,你能成功看出来,真值得表扬。"

查尔斯就没有这么给面子了。"你这个蠢货。"他答道,语气直率得让人受不了,不过对于他而言这再正常不过了,"就算你所言不虚,你又到底为什么要试图去把它打掉、把他揭穿呢?能带来什么好处?如果那的确是一顶假发,然后我们又识别出来,对我们来说就够了。我们现在心怀戒备,知道我们面对的是谁。但你总不能以戴假发的罪名去告谁吧?法律又不管这个。最可敬的人有时候也会戴假发。哎呀,我就认识一个创始人戴假发,还有一个有十四家公司的理事也戴!下一步,我们应该做的事情就是等他想法子来骗我们,然后——我们就反扑。相信我,他的计划迟早会自己败露。"

于是,我们商议一番,定好了计划,要让那两个人一直处在我们的监视之下,以免他们溜掉——就像那次从岛上跑掉一样。首先,阿梅莉亚要以旅馆房间小得让人不适为由,请他俩到城堡里来住。不过,我们确信——就像以往一样——他们会拒绝这个邀请,好方便他们在察觉自己明显受到怀疑时神不知鬼不觉地溜号。万一他们谢绝了我们的好意,按照计划,只要他们还住在克罗莫地阿慕斯旅馆,凯瑟琳娜就会在那里开间房住下来,以随时汇报他们的动静。与此同时,领班侍从的儿子则会在白天监视他们,这个年轻人非常有脑子,以他那种地道苏格兰人的警觉性,我们相信他不会对任何人走漏任何风声。

让我们无比吃惊的是,福布斯－加斯克尔夫人非常爽快地就接受了邀请。事实上,她表达出了满心的感激之情。因为她说克罗莫地阿慕斯的房子收拾得太糟糕了,饭菜也让她先生的肝脏大感不适。她说我们的邀请真是太贴心了,对陌生人这么好,完全出乎他们意料。她得反复申明,除了塞尔登城堡,她还从未收到过如此盛情邀请。总之,她毫不客气地接受了邀请。

"这不可能是克莱上校。"我对查尔斯说道,"他绝不会到这儿来。哪怕是他扮成戴维·格兰顿的时候,有那么充分的理由过来,他也绝不会把自己置于我们的掌控之下:他更喜欢克罗莫地阿慕斯的安全和自由。"

"西摩,"我大舅子简洁地回答道,"你真是没救了。你还是固执你的成见。也许他有充分的理由选择接受邀请呢。等着看他出招吧,到那时,就一切都明白了。"

于是,接下来的三个星期,福布斯－加斯克尔夫妇就成了塞尔登家宴中的一分子。我不得不说,查尔斯在他们身上真是倾注了心思。他专门把其他客人都谢绝了,好密切关注这两个新来的。福布斯－加斯克尔夫人注意到了这一点,对此发表了她的看法。"查尔斯爵士,你对我们有点儿太好了。"她说,"恐怕你让我们把你完全霸占了!"

查尔斯一如既往地豪迈,他笑着答道:"你知道的,我们有幸有你们做伴的时间实在是太短暂了呀!"一听这话,福布斯－加斯克尔夫人的脸上又一次泛起红晕——那甜美的红晕。

在此期间,教授先生淡定如一地继续着他的矿物地质学研究。"这个角色演得好!"查尔斯对我说,"他的戏演得没挑了!还有什么能超越他向我们展示的这种对科学的热情?"此话不假,他从早到晚都投身其中。"迟早,"查尔斯断定,"他一定会有实质性的动作。"

在此期间,有两次小插曲颇值得一提。有一天我陪着教授外出去长山,他敲石头的表演让我看得有点无聊,于是为了打发时间,我指着一块特别小的、被流水冲蚀过的石头,问他那是什么石头。他看了看,笑了。"如果里面含的云母再多一点,"他说,"那就应该是这一带特别的冰积片麻岩了。但含量不太够啊。"然后他就好奇地盯着它看。

"说实在的,"我答道,"不能用来做标本,是吧?"

他看了我一眼,眼神仿佛含着深意。"百分之十,"他用一种缓慢奇怪的嗓音低声道,"百分之十比较正常。"

我浑身一个劲儿地发抖。难道说,他这是执意要把我毁了吗?"如果你背叛我的话——"我叫道,然后打住了话头。

"你说什么?"他一脸无辜地问道。

我想起了查尔斯的话,万不可把任何事情当成是理所当然的,于是便谨慎地收住了话头。

第二个插曲就是下面这件事。有一天下午,吃过野餐之后,查尔斯在山上采了一支白杜鹃花,我得遗憾地说,那天他多喝了一杯香槟。酒喝多了,严格来说他也没有变得多失态,但他兴奋了起来,变得欢快、鲁莽,无比活跃。他把那一支白杜鹃拿到福布斯-加斯克尔夫人跟前,眉目含情地递给她。"鲜花赠佳人。"他嘟哝道,意味深长地看着她,"白杜鹃送'白杜鹃'。"然后他意识到自己干了什么,立即克制住了自己。

福布斯-加斯克尔夫人和往常一样,脸一红。"我……我听不懂你在说什么。"她支吾道。

查尔斯最终想办法搪塞了过去。"白杜鹃代表好运,"他说道,"所以……哪个男人有幸送你一支的话,那他就肯定是交了好运。"

她笑了,但完全不是那种愉悦的笑。我隐约感觉到,她已经觉察到我们在怀疑她了。

然而,结果是,这些意外的插曲最终也没什么下文。

第二天,查尔斯得意扬扬地跑来向我炫耀。"嗯,他到底还是出招了!"他叫道,"我就知道他会的。他今天……你知道他今天拿着什么来见我来着?石英里面的一块碎金,从长山采来的。"

"不会吧!"我惊呼。

"千真万确,"查尔斯答道,"他说他在一处岩脉里发现了明显的黄金斑点,很有可能值得开采。一个人那么说的时候,你就知道他想下什么棋了。而且,他之前就埋过伏笔,他跟我说萨瑟兰郡历来就有金矿,那为啥罗斯郡就不能有呢?然后他就极力鼓吹对这两个区域进行参照性的地质研究。"

"动了真格了啊。"我说,"那你打算怎么做?"

"静观其变。"查尔斯答道,"一旦他表示要在联合采矿事业中占一股,或者想借他的发现要一笔钱时,就叫警察把他抓起来。"

接下来的几天,教授变得比以往任何时候都要活跃和热情。他拿着他的锤子到处敲,什么地方都不放过。他不断地带回一些小块的石头,里面都嵌着金子,貌似学识渊博地谈论"破碎和研磨的可能成本"。查尔斯以前早就听过那一套了,事实上,他还协助拟出了若干份招股说明书。于是,他由着戴假发的男人表演,等着他提出他的提案。他知道,对方很快就会提出来。他就这么观察着、等着。不过当然,为了引对方上钩,他装出一副很感兴趣的样子。

我们全都带着这样一种心态,像上帝一样伺候着克莱上校。在偶然的机会下,那天我们正沿着海滨散步,然后我们忽然看见,从另一面,海鸥岛那个方向,教授居然和阿道弗斯·科德里爵士手挽着手迎面走来!他们相谈甚欢,看起来关系非同一般。

如今的情况是，自股价暴跌事件之后，阿道弗斯爵士和范德瑞夫特家族的关系自然而然地就变得有几分紧张。但在眼前的情况下，在逮捕克莱上校的紧要关头，务必要暂时抛开那些小分歧。所以，查尔斯努力把教授和他的朋友分开，让阿梅莉亚送福布斯－加斯克尔先生回城堡，然后他自己故意走慢几步，直到只剩下他、阿道弗斯爵士和我三个人，想要把问题搞清楚。

"科德里，你认识这个人？"他带着点怀疑的语气问道。

"认识？哎呀，当然认识啦。"阿道弗斯爵士答道，"他叫马默杜克·福布斯－加斯克尔，约克郡大学的，是一位杰出的科学工作者。一等一的矿物地质学家——很有可能是英国最好的呢，除了一个人之外。"谦逊的美德使他并没有说出谁是那个例外。

"但你确定这人就是他？"查尔斯问道，越来越怀疑，"你以前就认识他吗？这不会又是施莱尔马赫那种情况吧？到底是不是？"

"确定就是他吗？"阿道弗斯回他，"我对自己确定吗？哎呀，从我们一起上三一学院那时起，我就认识马米·加斯克尔了。他娶卢斯的福布斯小姐之前我就认识他了，福布斯小姐是我太太的二表妹，他还把自己和他太太的名字用连字符连起来，好在家产里占一份。我跟他们俩都有很亲密的交情。我到旅馆这下面来，是因为听说马米在山里面打转，肯定是有什么好东西值得他来打转吧，化石什么的。"

"但这个人戴假发呀!"查尔斯告诫道。

"可不是吗,"科德里答道,"他的头跟个球棒一样光溜溜的——起码脑袋前面是这么个情况——戴假发可不就是为了遮秃。"

"奇耻大辱!"查尔斯叫道,"奇耻大辱,这样来算计我们!"他气愤得跟个雄火鸡似的。

阿道弗斯爵士也端不住了,忍不住大笑起来。

"噢,我明白了。"他大声说道,他被逗乐了,"你以为福布斯-加斯克尔是克莱上校假扮的!噢,我的天啊,这人可太逗了!"

"起码,你,是没有资格笑话我的。"查尔斯回应道,他挺直身板,更火了,"你让我遭受了一次类似的伤害,然后很不君子地全身而退。而且,"他继续说,每说一个字,愤怒就更增加一分,"这个人,不管他是谁,也曾经试图来骗我。不管他是不是克莱上校,反正他用含金石英来做我石头的文章,想引我上钩,去进行荒谬的投机!"

阿道弗斯爵士也发飙了。"好啊,真是好极了。"他叫道,"我一定要去跟马米说说!"他向福布斯-加斯克尔那边跑去,他正和阿梅莉亚坐在一块石头的一角。

至于查尔斯和我,我们回了家。半小时之后,福布斯-加斯克尔也回来了,带着一肚子火。

"先生,这算是什么意思?"他一看到查尔斯,就大声叫道,"我听说,你邀请我和我太太过来住,就是为了监视我们,因为你认为我是克莱,那个臭名昭著的骗子!"

"我就是那么以为的,"查尔斯同样气愤地回答道,"说不定你还真就是呢!不管怎么说,你就是个流氓,还拿那套把戏来迷惑我!"

福布斯-加斯克尔脸都气白了,他转身对浑身发抖的太太说道:"格特鲁德,收拾行李,我们马上走。他们装出来的热情不过是早有预谋的侮辱罢了。他们把你和我置于最荒唐的处境。来之前,别人就告诉我们来着——而且我看一点都不假——说查尔斯·范德瑞夫特爵士是全苏格兰最吝啬专横的老怪胎。我们还满心欢喜地给那么多朋友写信,告诉他们正好相反,说他其实是一位无比好客、大方、慷慨的绅士。现在好了,原来他就是个令人恶心的流氓,邀请陌生人到家里住,背后却是最刻薄的居心,想着用无端的辱骂去侮辱自己的客人。跟这种人没什么好忌讳的,他这辈子就只配听到最直白的事实。因此,我很高兴跟查尔斯·范德瑞夫特爵士说,他自己就是那种登峰造极的俗物。去收拾行李,格特鲁德!我下去到克罗莫地阿慕斯叫个车,马上拉着我们离开这个不堪停留的冒牌城堡。"

"你戴了顶假发,先生,你戴了顶假发。"查尔斯叫喊道,激动得快窒息了。说真的,福布斯-加斯克尔讲话时,他愤怒地把头扭到一边去,他假发下面的玄机就暴露无遗了。那顶假发完全挂到了脑袋的一侧。

"没错,先生,而且在一个无赖面前我把它晃掉了又怎样?!"教授答道,把假发扯下来重新戴上。为了配合自己说的话,他还把自己的假发在查尔斯眼前挥了挥。然后他就带着满腔怒火一言不发地冲出了房间。

他们走后,待查尔斯稍稍缓过来,能正常呼吸、理性对话后,我斗胆开口:"毫无疑问!我们犯了个错。我们理所当然地认为,只要一个人戴了假发,他就肯定是个冒牌货——真不一定是这样啊。我们忘了,不光是克莱上校之流会伪装他们的头,有时候人们戴假发真的纯粹就是个人需求,想看起来体面一点。说实话,我们再一次沦为了先入之见的奴隶。"

我故意盯着他看。查尔斯站起身来。"西摩·温特沃斯,"最后,他带着高傲轻视的眼神对我说道,"你这套说教怕是没用对时候吧。在我看来,你完全就理解错了一个私人秘书的地位和职责!"

然而,最古怪的一点是:查尔斯坚信,虽然福布斯-加斯克尔不是克莱上校,但他就是在石头上动了手脚,加了金子,目的就是为了骗他,因此,他后来再没有理会过这一发现。结果是福布斯-加斯克尔和阿道弗斯爵士带着秘密和别人谈去了。后来,查尔斯卖掉了塞尔登城堡的产业(他没过多久就卖了,因为他总觉得这个地方变得不合心意了),

克雷格·拉奇勋爵接了手，然后就有了现在的"塞尔登黄金有限公司"。后来的情况是，福布斯－加斯克尔向克雷格·拉奇报告说自己在某一处无名产业发现了一个优质矿脉，说只有答应给他依实际情况而定的发起人股票，他才愿意透露详情。老头子立即应允。查尔斯卖了个白菜价，结果如今黄金的生意回报——哪怕是扣除推广花销之后——也算颇为丰厚。而查尔斯呢，则白白错过了金矿这么肥的生意！

不过，我谨记着"一个私人秘书的地位和职责"，因此那时我并没有对他说，其实这一切的损失，都源自一个固有观念——查尔斯脑子里认定了，凡是谁戴着假发，不管是谁，都是想要来骗他。

失踪的公文箱

"西摩,"我的大舅子在第二年春天说,"我烦死伦敦了!我们赶紧带上钱,我想去一个远远的没人认识我的地方。"

"火星还是水星啊?"我问道,"只怕在我们这个特别的星球,要让查尔斯·范德瑞夫特爵士隐藏光芒,还真是有点儿难呢。"

"这个嘛,我会安排好的。"查尔斯回答说,"我想知道,如果总要装成这样,做百万富翁又有什么好的?我必须匿名出行。这些骗子没完没了地缠着我,我已经筋疲力尽了。"

确实,我们度过了一个非常难熬的冬天。

克莱上校有几个月没露面了,这倒是真的。就我自己而言,我承认,买单的人不是我，我真怀念过去激动人心的旅行。但是查尔斯已经变得疑神疑鬼，神经过敏到了极点。他奉行自己的原则——"不信任任何人，不相信任何事"，结果生活成了他沉重的负担。有若干次，他识破了这个难以对付的、变化多端的克莱上校。他确信，敌人已被自己吓跑至少十几次了。在不同的场合，敌人穿上不同的制服，或是装扮成一个肥胖的俱乐部侍应，或是一个高个子警察，或是洗衣女工的儿子，还有律师的书记员、英格兰银行的执事，乃至水费征收员。他经常看见敌人以不同的形式存在着，就像中世纪的圣徒们过去看待魔鬼那样。

阿梅莉亚和我真的开始担心这位杰出英才的心理健康了；我们预见到，要是不除掉克莱上校，查尔斯的心智水平就会逐步下降，变得跟那些盲目投身股市的凡夫俗子一样了。

因此，当大舅子宣布他打算在接下来的星期六微行出游，去一些不为人知的地方时，阿梅莉亚和我都感到一阵轻松，持续已久的紧张不安烟消云散。

尤其是阿梅莉亚，因为她不会随他旅行。

"为了休息和清静，"早餐时他放下晨报对我们说，"我要坐大西洋邮轮！不写信，不发电报，不管股票证券，也不读《泰晤士报》《星期六评论》，我烦透了这些报纸！"

"世事纷繁无停歇。[1]"我高兴地表示赞同。我后悔说话了,因为没人欣赏我引用的这句诗。

我必须承认,为了严格保密,查尔斯可谓煞费苦心。他让我订好了伊特鲁里亚号的头等舱——位于主甲板,在轮船中部——用的是我的名字,没有提到他的名字;伊特鲁里亚号下一段航行的目的地是纽约。除了阿梅莉亚,他没有向任何人提及自己的目的地。阿梅莉亚警告凯瑟琳娜,决不可向其他仆人走漏风声,否则严惩不贷。为了进一步隐瞒身份,查尔斯使用了彼得·波特先生这个称号,又以这个身份在利物浦订了伊特鲁里亚号的船票。

不过,出发前一天,他和我一道进城,去老布罗德街亚当公寓大楼跟几位经纪人会谈。他的老搭档费格摩尔自然赶紧接待我们。我们来到他的私人房间里,一个英俊的年轻人站起身,懒洋洋地走了出去。"你好,费格摩尔,"查尔斯说道,"那就是你的一个混混兄弟?我还以为很多年以前你就把他送到中国去了呢。"

"我的确送他去了,查尔斯爵士。"费格摩尔一边答道,一边有些紧张地搓着手,"但他根本就没去中国。他就是个无所事事的小无赖,只知道玩乐,当时他去得最远的地方就是巴黎。从那时起,他就蹉跎

---

[1] 世事纷繁无停歇:华兹华斯的诗句。

了一阵子，左一个地方右一个地方，到处闲逛，就没给自己和家里做点正经好事。但是大约三四年前他不知怎么的一时兴起，去了南非，你的地盘。现在他又回来了——有钱了，又结了婚，是个体面人了。他的妻子是一个可爱的娇小女人，她改造了他。好啦，今天我能为你做些什么呢？"

查尔斯在美国、圣塔菲、托皮卡各地都有产业，还有许多大财团同业。他坚持带走几份文件和票据，这些文件票据与他在上述各地的投资有各种关联。他说，纯粹为了休息和换换心情，他打算旅行一趟，私底下开展一次调查——对纽约、芝加哥、科罗拉多，还有各个矿区进行一次全面调查。这是一个百万富翁的假期，因此，他将这些贵重物品全部装入一个黑色的涂漆公文箱。他谨慎得过了头，就像一个小孩看着自家宝贝一样可笑。他时时刻刻盯着那公文箱，确保箱子完全完好，却让我不得安宁。这完全就是恋物癖嘛。"我们必须小心。"他说，"西摩，小心！尤其是旅行的时候。想想阿梅莉亚珠宝盒里的钻石是怎样被那个小牧师搞到手的吧！我绝不会让这个箱子离开我的视线。就算我们沉入海底，我也要抱紧它。"

我们并没有沉入海底。丘纳德公司骄傲地夸耀说："从未发生人员伤亡。"因此，船长不会为了给查尔斯一个在紧要关头抱紧公文箱的机会，就让伊特鲁里亚号葬身大海的。相反，我们度过了一段宜人而平静的旅程；我们发现，船上的乘客都是些亲切友善的人。查尔斯，这时的彼得·波特先生，暂时不再害怕克莱上校了，我相信，如果不是因为文件箱，他会真心地感到快乐。他第一时间就交上了朋友（在克莱上校开始搞砸他的生活之前，他就是这种大胆的风格），对方是一位友好的美国医生及其迷人的妻子，他们正在返回肯塔基的路中。伊莱休·奎肯伯斯医生（这是个典型的美国人的名字），他在维也纳学医一年，现在返回祖国，满脑袋都是细菌学和消毒剂的最新发现。他的妻子是个漂亮、有趣而娇小的美国人，长着一个翘鼻头，带着乡下妇人特有的敏锐。她很能让查尔斯开心一笑。在甲板的座椅上，她腾出点空间给他，并带着甜甜的微笑说："您就坐在这儿吧，波特先生。阳光真好啊。"她逗乐的样子让他心花怒放。他自豪地发现，女性关注他并不总是因为他的财富和头衔。知名富翁查尔斯·范德瑞夫特爵士靠其在南非的名声赢得掌声，而相貌平平的波特先生也能凭自己的优良品质获得同样的青睐。

在整个航程中，这里是伊莱休·奎肯伯斯夫人，那里是伊莱休·奎肯伯斯夫人，哪儿都有伊莱休·奎肯伯斯夫人，考虑到阿梅莉亚的心情，我很高兴她没在轮船上见证这一切。我要承认，早在看见桑迪胡克之前，我就万分厌倦查尔斯的双弦琴了——伊莱休·奎肯伯斯夫人和那个公文箱。

谁知伊莱休·奎肯伯斯夫人竟是一位业余艺术家。在风平浪静的时日,她就在甲板上全神贯注地画他的肖像。似乎她觉得他是一个极具魅力的模特。

那位医生也是一个难得的聪明人。他懂一点化学,其他领域也都有所涉猎,据我所知,他也颇懂人性。他向查尔斯谈到了自己的各种想法,希望能在自己返回时,让肯塔基人变得更活跃一些。最终,查尔斯对医生的智慧和胆识引起了高度关注。"那是一个有进取心的家伙,西摩!"有一天他对我说,"他身上有一种真正的毅力!这些美国人才是真男人。真希望我在南非的工厂有整整一百个这样的人!"

这个念头似乎在查尔斯脑子里扎下了根,他越来越执着于这个想法。最近他解雇了克卢蒂德普煤矿的一位主管,并郑重考虑是否要将这一职位交给那个聪明的肯塔基人。在我看来,此事与查尔斯不言自明的决定有关,在未来他将每年花三个月的时间造访自己在南非的企业,因此我不得不想到,如果有一位优雅有趣的美国女士惬意相伴,查尔斯会觉得在克卢蒂德普的日子更好过一些。

"如果你把职位给他。"我说,"记住,你一定就会暴露你的身份。"

"根本不会。"查尔斯答道,"我暂时还可以保密,等一切安排妥当再说。我现在只需要讲我在南非有投资就行了。"

于是,一天早晨,在甲板上,我们渐渐靠近海岸了,他彬彬有礼地向医生和奎肯伯斯夫人谈起了自己的计划。他谈到，他与南半球最大的一个金融财团有联系，他愿意每年向伊莱休支付一千五百元，请其出任自己的矿区代表。

"什么，美元？"女士一边说，一边露出了微笑，鼻子也翘得更厉害了，"哦，波特先生，这不够啊！"

"不，英镑，我亲爱的夫人，"查尔斯回应说，"英镑，你知道的。换成美元，就是七千五百元。"

"我想伊莱休一定会欣然接受。"奎肯伯斯夫人回答道，同时疑惑地看着他。

医生笑了。"您开了个好价钱，先生。"他说话用的是慢吞吞的美国腔，将最无关紧要的词语都强调了个遍，"但是您忽略了一点。我是一名科学家，而不是一个投机者。我是学医的，花了大价钱在欧洲最好的学校学习。我付出了巨大努力才取得这样的成果，我不想就此荒废，轻易跳槽干一份新工作，而且就我的能力，我不一定能胜任这份工作。"

"真是地道的美国人！"我在后面咕哝道。

查尔斯坚持聘请他，不过完全没用。奎肯伯斯夫人很心动，医生却总是神秘地微笑着，重申他的信条：中途换马并不合适。一天天过去，他越是拒绝，越说得头头是道，查尔斯就越想挖他过来。并且，就像有意要引诱他一样，医生一天天地给出了越来越多的令人惊喜的证据，证明他有实际能力。"我并不是专家，"他说，"我只是抓住要点，取其精华，弃其枝节而已。"

从给骡子上蹄铁到组织一场营地会议，他似乎真的无所不能。他是一个优秀的药剂师，一名十分可靠的外科医生，一位公正的相马人，一个尤克牌的顶级玩家，还是一个招人喜欢的男中音。如果形势需要，他还可以成为神职人员。他发明了开塞钻，由此小赚了一笔。现在他正忙于翻译一本波兰著作，关于"氰氨酸在麻风治疗中的应用"。

我们抵达纽约的时候，依然没有达成目标，如果这目标是奎肯伯斯医生的话。他在码头向我们道别，脸上依然挂着神秘的微笑。查尔斯一手抓紧公文箱，一手又抓紧了奎肯伯斯夫人的小手。

"别对我们说，这就是永别了！"他支支吾吾道。

"我想是这样的，波特先生。"这位美国美人儿答道，又意味深长地瞥了他一眼，"您在哪家酒店下榻？"

"莫里山酒店。"查尔斯回答说。

"哦，天啊，那不是太凑巧了？"奎肯伯斯夫人说道，"莫里山酒店！哎呀，伊莱休，我们也正要去那儿呢！"

最终，查尔斯劝说他们在返回肯塔基前，先逗留几天，跟我们一起去乔治湖和尚普兰湖，他希望能在那儿说服倔强的医生。

于是我们去了乔治湖，并在铁路终点站一家不错的酒店落脚。我们在轻便的小汽船上花了大量时间，这汽船固定往来于酒店和通往泰孔德罗加的道路之间。不知为什么，倒映在深绿色湖水中的群山让我想起了卢塞恩，卢塞恩又让我想起了那位小牧师。自从离开英格兰，我第一次感到一种莫名的恐惧。伊莱休·奎肯伯斯会不会又是克莱上校，他又来另一个大陆追踪我们？

我忍不住向查尔斯提起我的疑虑，奇怪的是，他对此嗤之以鼻。那天，他一直在向奎肯伯斯夫人大献殷勤。那位美国小女人用扇子敲敲他的指关节，并说他"真是个傻瓜"，把他乐坏了。

然而，第二天发生了一件怪事。我们四人一行，沿着湖岸在林中漫步。地上铺满了新奇的三角花——奎肯伯斯夫人称之为延龄花，还有初春时节纤细的蕨类植物。

我变得诗兴大发。年轻时，去南非之前我还会写诗。我们躺在草地上，近旁就是山涧细流，从我们上方峭立的林间流下，漫过长满苔藓的卵石。那个肯塔基人手脚伸直了躺在草坪上，就在查尔斯前方。他有一头奇怪的头发，浓密而蓬乱。天哪，不知为什么，我突然想起了墨西哥先知，我们记得他是克莱上校的第一个扮相。与此同时，同一想法似乎也掠过了查尔斯的脑际。因此，说来也奇怪，他一时兴起，探身仔细观察医生的头发。我看见奎肯伯斯夫人往后退，十分惊愕。这头发看起来过于浓密，不够自然。我现在记得，它的末端唐突地隆起来，前额上发际线清晰分明。这个也会是假发吗？看起来非常有可能。

我还在琢磨这个念头，查尔斯似乎突然就下定了决心。他一个闪电般的猛扑，强有力的手抓住了医生的头发，试图将它从头上扯下来。他的判断真是糟糕透了。医生痛得一下子尖叫起来。只见他的几根头发被连根拔起，攥在了查尔斯手里，头皮上还渗着几滴鲜血。毫无疑问，这不是假发，而是这位肯塔基人天生的头发。

随后一幕我无力描述，难以言表。医生站了起来，与其说是愤怒，倒不如说是惊愕，他脸色刷白，疑惑不解。"你到底想干吗？"他怒气冲冲地盯着我大舅子问道。查尔斯只得低声下气地道歉。一开始，他是一个劲儿地表示悔意，并提出在金钱上或是其他方面进行适当的赔偿，接着他亮出了自己的身份。他承认自己是查尔斯·范德瑞夫特爵士，著名的百万富翁，一个叫克莱上校的人无休止地使诈把他害得够呛，那个人是个不择手段的混蛋，在欧洲各国的首都阴魂不散地纠缠他。他绘声绘色地描述了这个骗子怎样用假发和石蜡乔装打扮，以至于连熟悉他的人都要上当。接下来，查尔斯恳求奎肯伯斯医生的宽恕：作为一个经常遭到无情欺骗的人，他难免错误地去疑心那些好人。奎肯伯斯夫人承认有疑心是自然而然的，"尤其是，"她坦率地说，"很明显，伊莱休的头发好像是从额头上长出来的，你并不是第一个注意到这一点的人。"接着她将丈夫的头发撩起来给我们看。伊莱休自己却是闷闷不乐:他的尊严被侵犯了。"如果你想知道,"他说,"你不如问我。要检验一位公民的头发是先天生就还是后天伪造,袭击和殴打都不对。"

"是一时冲动。"查尔斯辩解说,"本能的冲动。"

"有教养的人会控制他的冲动。"医生回答说,"你在南非生活得太久了,波特先生——我指的是,查尔斯·范德瑞夫特爵士,如果可以这么称呼这样一位绅士的话。你生活在非洲黑人中间,看起来,你已经习得了他们的习惯和行为举止。"

我得承认,接下来两天,查尔斯看起来更加难过;我无法相信,他会为了别人而变得如此难过。他极度地卑躬屈节。事实上,他认为自己伤害了奎肯伯斯医生的感情,而让我非常吃惊的是,他似乎真的感到很悲痛。在我看来,如果医生愿意马上收下一千英镑,握手谈和,将那一幕抛之脑后,查尔斯会很高兴地付款。换句话说,他的确同美国美人儿讲了同样的话——因为他不能用钱去侮辱她。奎肯伯斯夫人尽力讲和,她是一位颇有同情心的小女人,尽管有些调皮。伊莱休却态度冷淡。查尔斯仍然促请他到南非去,将诱饵增加到一年两千,他依然不为所动。"不,不。"他说,"我本来已经有点想接受你的邀请了,可是太可惜了,你的冲动行事把这事搞砸了,就到此为止吧。作为一个美国公民,我拒绝成为英国贵族的代理人,他用这样的方式来进行调查,破坏了人家的发型和好心情。"

克卢蒂德普矿业错失贤才,我不知道查尔斯是不是很失望,我也不知道,查尔斯对于"英国贵族"这个新奇说法是否沾沾自喜,这并不是我们所理解的殖民地爵士的意思。

因此,奎肯伯斯夫妇三天后就离开了湖滨酒店。我们正在沿湖漫步,忽然那位漂亮的小女人猛地冲过来,告诉我们他们就要走了。她穿着整洁的美式旅行套装,非常迷人。查尔斯深情地握住她的手。"再见了,我真遗憾。"他说,"我已经尽了最大努力来留住你的丈夫。"

"你不会比我更尽力。"这位小巧的女子回答道,她的翘鼻头看起来相当惹人怜爱,"我真不愿意就死在肯塔基!但是,伊莱休不是听女人使唤的男人,所以我们得将就他。"她向我们甜甜一笑,就再也不见了。

那一整天查尔斯都快快不乐。第二天早晨起床后,他说出发去西部,开启自己的探查之旅。他会专注于科罗拉多的银矿,让自己重新振作起来。

我们自己整理旅行箱——因为查尔斯连辛普森都没带上——然后准备早晨出发坐火车去萨拉托加。

查尔斯自始至终都关照着他的公文箱。不过,就在搬运工搬我们的行李时,查尔斯忙着收拾杂物,就把公文箱暂时放在了中间的桌子上,这当儿还有一位女仆正走来走去找小费。查尔斯找不到自己的香烟盒,就回到卧室去找。我还帮着他找,但就是找不到,真是怪了。就这一刻他错过了。我们找到香烟盒,回到客厅的时候——天啊,看,公文箱不见了!查尔斯盘问了仆人,但没有一个人注意到它。他把房间找了个遍,公文箱却连一点影子都没有。

"天哪,两分钟前我才把它放在这儿的!"他大喊着,但没用。

"它最终会出来的。"我说,"最终一切都会显现——包括奎肯伯斯夫人的鼻子。"

"西摩,"我的大舅子说道,"你的玩笑真是不合时宜。"

说真的,查尔斯怒不可遏。他乘电梯下楼来到人们称呼的"办事处",向经理投诉。经理是一个尖脸的纽约人,他微笑着,漫不经心地指出:客人携带的贵重物品应当交给酒店管理,锁进保险箱,离开时则及时归还。查尔斯有点儿激动地说,他被打劫了,要求所有人不得离开酒店,直到找到公文箱为止。那位相当冷漠的经理,一面冒失地剔着牙,一面回应说,在欧洲,一个酒店大约几百人入住,这一策略或许可行;但在美国,一个酒店的每天出入人员超过一千,其中很多人是当天来去,不可能为了一个外国人的投诉,就去展开这样愚蠢的搜查行动。

"外国人"这个称号刺痛了查尔斯。没有一个英国人会在任何地方承认他是外国人。"你知道我是谁吗,先生?"他愤怒地问道。"我是伦敦的查尔斯·范德瑞夫特爵士——英国议会的一名议员。"

"你或许是威尔士亲王,"经理回答说,"我才不管呢。在美国,你和其他人的待遇一样。但如果你是查尔斯·范德瑞夫特爵士,"他检查着自己的登记册,接着说道,"你怎么会登记为彼得·波特先生?"

查尔斯尴尬得红了脸。问题更严重了。

那公文箱总是包着皮套,内盖用规范的白色字母写有"查尔斯·范德瑞夫特爵士"字样。这真是些糟心事儿:他丢掉了宝贵的文件,他使用了一个假名,让经理毫不关心能不能找回失窃的物品。的确,看到他登记为波特,现在又自称为范德瑞夫特,经理清楚地暗示了自己的怀疑:他是否有公文箱,或者即使有,又是否装有贵重物品。

整个上午我们苦闷极了。查尔斯在酒店里走来走去,询问每一个人是否见过他的公文箱。大多数访客都讨厌这个问题,把这看作对个人的诋毁。有一个愤怒的弗吉尼亚人真想此时此地用左轮手枪解决他。查尔斯发电报给纽约,以阻止股票和息票被议价出售。经纪人在回电中说,他们虽已尽量阻止,却心不甘情不愿,因为他们并不知道查尔斯·范德瑞夫特爵士就在美国。查尔斯声明,找不到自己的财物就不离开酒店。我觉得,且倾向于认为,我们要在此地度过余生了,甚至是更长的时间。

那天晚上,我们再次在湖滨酒店入住。凌晨时分,我躺在床上难以入睡,思绪万分,一个念头突然冒了出来。我实在是兴奋不已,起身冲进大舅子的房间。"查尔斯,查尔斯!"我叫喊道,"我们又过于想当然了,说不定是伊莱休·奎肯伯斯拿走了你的公文箱!"

"你这个蠢货。"查尔斯用最不友好的口气回答我(他越来越频繁地对我使用那个词),"你叫醒我就是为了这个?哎呀,奎肯伯斯夫妇在星期二就离开了乔治湖,星期三的时候公文箱还在我自己手里呢。"

"我们只是听到他们嘴上这样讲,"我大声说道,"有可能他们逗留了一下,随后带走了公文箱!"

"我们明天问问。"查尔斯回答说,"但我要说,不值得为了这个叫醒我。我可以用性命担保,那是个诚实无欺的小妇人。"

第二天早晨,我们真的去打听了,得到了这样一个奇怪的结果:虽然奎肯伯斯夫妇已经在星期二离开了湖滨酒店,但他们不过是到了临近的华盛顿豪斯酒店,星期三早上又从那儿离开,坐上了我和查尔斯打算乘坐的那趟火车前往萨拉托加。奎肯伯斯夫人手里提着一个封口不严实的棕色小纸袋,这样的话,我们可以毫不费劲确定,那就是查尔斯的公文箱。

于是我知道是怎么回事了。那个在房间里走来走去要小费的女服务员,就是奎肯伯斯夫人!只需要一条围裙,就可以将她漂亮的旅行装变成女仆装;在任何一家这样大型的美国酒店,多一个或少一个女服务员并不会引起人们的注意。

"我们跟着他们去萨拉托加。"查尔斯大喊道,"马上结账,西摩。"

"当然,"我答道,"你可以给我一点钱吗?"

查尔斯赶紧把手伸进口袋。"全部,全部都在公文箱里。"他咕哝着说。

我们又被绊住了一天,得待到从纽约的代理人那里拿到现金为止。经理已经对更名和指控偷窃高度疑心,所以他拒不接受查尔斯的支票或是任何别的东西,除非是他所说的"硬钱"。缘于这卑劣的不作为,我们不得不继续逗留在乔治湖。

"显然,"那天晚上我向大舅子指出,"奎肯伯斯就是克莱上校。"

"我也觉得,"查尔斯无可奈何地嘀咕道,"现在,我遇到的每个人都像是克莱上校——除了我认为他们是克莱上校的时候,在那种情况下,他们却都是些无害的小人物。但是我扯了他的头发后,谁会想到那还是他?即便我怀疑他,他仍旧继续耍花招——这是他在塞尔登的时候告诉我们的,这样做违反了他的基本原则——谁会想到那还是他?"

我再次恍然大悟。但是,有了先前那次冲动的教训,这次我适当谨慎地表达了自己的想法。"查尔斯,"我提示道,"难道我们不是又一次囿于成见了吗?我们认为福布斯-加斯克尔是克莱上校,不过是因为他戴了假发。我们认为伊莱休·奎肯伯斯不是克莱上校,不过是因为他没有戴假发。但我们怎么就知道他一直都戴假发呢?有没有可能,他扮作梅德赫斯特侦探时,给我们那些关于化装的提示,就是有意设计来误导和欺骗我们的?有没有可能,那天在海鸥岛上,他关于自己骗术的说法,同样是为了蒙蔽我们?"

"显而易见,西摩,"我的大舅子用一种非常委屈的口吻评论道,"我本应想到,任何称职的秘书都该马上看到这一点。"

我忍住没有说,查尔斯自己即使到现在也没看到这一点,还是我告诉他的。我想到说这些并无好处,便接着说道:"是啊,当克莱上校是梅德赫斯特的时候,他剪了一头短发,这正是他自己的头发,简单的发型,天生的颜色。到了现在,头发已长得又长又密。当他是戴维·格兰顿的时候,毫无疑问,他把头发剪得不长不短,修理了络腮胡子和小胡子,把它们都染红,变成上等苏格兰威士忌的颜色。此外,当他是先知的时候,头发与伊莱休的几乎一致,不过梳理得更精心,更加蓬松,好配得上先知这个称号。他扮演小牧师的时候,他将头发染成黑色并梳得服服帖帖的,当他装成立本斯坦伯爵的时候,他把头发剃个精光,蓄起小胡子,任其生长,并染成蒂罗尔人风格的黑色。考虑到不同的间隔期,他从不需要戴假发,从头到尾,他自己天生的头发就够用了呀。"

"你说得对,西摩。"我的大舅子说道,态度几乎变友好了,"我真的承认,这是我们能想到的追踪克莱上校的最佳途径了。"

星期六早晨，我们收到一封信，稍稍缓解了我们一时的紧张。这封信来自我们的敌人，但是口吻与之前嘲弄我们的信件大不相同：

萨拉托加，星期五

查尔斯·范德瑞夫特爵士——我随信将你的公文箱完璧奉还，并没有动你的文件。显而易见，公文箱都没有打开过。

你会问我为什么有这样奇怪的举动。让我严肃一回，告诉你真相。

"白杜鹃"和我（我将坚持使用温特沃斯先生取的恰到好处的绰号）跟你一起上了伊特鲁里亚号，跟往常一样，我们打算从你那儿捞点什么。我们跟随你到了乔治湖——照惯常的做法，我诱使你邀请我们，逼你出了牌，我们的既定目标是再玩你一回。偷走你的公文箱并不在我们的原计划内，我想一个简单、初级的骗术还用不上一位老手。我们一直在为行动做准备，直到你扯了我的头发，一切就发生了变化。接下来，让我非常吃惊的是，我看到你表现出某种遗憾和真心的懊悔，在那之前，我还从未真正对你有过赞赏之情。你认为你伤害了我的感情，你表现得比我以前所知的更像一个绅士。你不但道了歉，还主动提出赔偿，这让我很触动。或许你不相信,但我真的中止了准备好的计划。

我也可以接受你的邀请去南非,侵吞数千元后速速撤离。但是那时,我应当是值得信赖和托付重任了——我还没有混蛋到在这种情况下抢劫你。

然而,不管我是什么人,我不是一个伪君子,我只是装成一个普通的骗子而已。我把文件原封不动地还给你,不过是有着跟澳大利亚丛林盗贼相同的道义,他把一位女士自己的手表作为礼物送给了她,因为她给他唱过歌,让他想起了英格兰。换句话说,他并没有把手表从她那儿拿走。同样,我发现这回你的所作所为像一个绅士,和我预想的不同,我便终止了酝酿好的骗术。这并不是说,以后我就不会再玩你了。这要取决于你未来的良好表现。

那么,为什么我让"白杜鹃"偷走你的公文箱,又把它还给你?纯粹是为了心里轻松些吗?不是这样的,是为了让你知道我是很严肃的。如果不偷不抢就走掉,随后写这封信给你,你不会相信我。你会想,这不过是我失手罢了。但是我真的拿到了你的文件,又自愿奉还,你一定会明白我是认真的。

正如开头一样,我要严肃认真地结尾了。虽然我干这一行，我依然良心未泯。当我发现一个百万富翁表现得像一个男人时，我便羞于利用他的男子汉气概。

你那有一丝忏悔，但仍然是一个骗子的
卡斯伯特·克莱

收到这封奇怪的信后，查尔斯做的第一件事就是冲下楼去找公文箱。老鹰快递公司刚刚将公文箱送到。查尔斯又奔上楼来，回到房间慌乱地打开公文箱清点文件。当他发现一切完好，便转向我发出一声冷笑。"这封信，"他嘴唇打着战，"我觉得比以前的更侮辱人。"

但是，我确实认为信中所说是真的。克莱上校无疑是一个混蛋，一个不知羞耻的混蛋；然而我相信，即便是一个混蛋，也有良心发现的时候。

我想，克卢蒂德普–戈尔康达股价暴跌之后，"值得信赖和托付重任"这个说法刺痛了查尔斯。当然，也伤到了我，就那十个点佣金事件而言。

单身汉牌局

第二天，我们取道伦斯勒—萨拉托加铁路离开乔治湖，我的大舅子深深地叹了口气，对我说："西摩，行行好，再也不要让我装什么彼得·波特了！我已经厌倦假扮他人了。既然我们知道克莱上校现在就在美国，而且他们没安好心，我想我还是该获得一些社会关注度和应有的尊重，这是我的地位和头衔理应赋予我的。"

"这也是大多数人所追求的（除了从旅馆服务员那里获得以外），即使是在这个共和政体的国度。"我伶俐地回答。

于是，接下来的四个月里，我们以自己的真名走遍美国，从缅因州到加利福尼亚，从俄勒冈到佛罗里达，全面考察了各个铁路、企业联合组织、煤矿以及牧场，查尔斯戏称我们在"坚固众教会"[1]。我们事无巨细，详细询查。我们考察的结果，正如查尔斯进一步指出的那样，克莱上校和困扰约伯儿子的示巴人一样，不早不晚，在给牛打烙印之前，同几千头牛一起神秘地消失在了空气清新的堪萨斯州和内布拉斯加州大草原上。

不过，能避开上校的骚扰，我们万分庆幸。彼时，他一定是坐着飞毯去别的逍遥地儿寻宝了。

到了寒意凛冽的十月，我们才抵达纽约，准备从这里返回英国。这么长一段时间里我们自由自在，没有上校的欺诈（查尔斯做了一番相关想象，我并不以为然），所以大舅子的身体和精神状态都不错。他精神振奋、兴致勃勃，料想那个让他头痛的人一定是得了黄热病，在新奥尔良病发或者吃药吃死了，就像我们之前差点吃死自己一样。我们享用了大量的蛤蜊杂烩、水龟、软壳蟹、新泽西桃子、草莓酥饼、帆布背鸭、卡托巴白酒、冬樱桃、白兰地鸡尾酒、冰激凌、玉米饼，还有一种俗称

---

[1] 坚固众教会：《圣经·使徒行传》(16:41) 记载使徒保罗"走遍叙利亚，基利家，坚固众教会"，大大坚固了众教会的信心。

卡罗拉多僵尸复活的啤酒，几乎要撑死自己。不过，查尔斯回到纽约的时候，人已经很利索了。在这座大城市里，他怕自己的死对头又会使计来坑他，所以欣然接受了他的富翁兄弟、内华达州参议员温格德的邀请，回国前去他那第五大道上新建成的豪宅里待几日。

"至少，在那儿我是安全的，西摩。"他悲戚地说，脸上挂着勉强的微笑，"温格德无论如何是不会忽悠我的，当然，正常的生意往来除外。"

理查森罗马式风格的"老板金楼"（这是它广为人知的名字）也许是整个第五大道上最宏伟的棕色石头建筑。我们在那儿度过了愉快的一周。"用绳量给我们的地界，坐落在佳美之处"[1]，我们刚到的那天晚上，温格德为我们举办了一个小小的单身汉聚会。他知道查尔斯爵士这次出行没有带上范德瑞夫特夫人，便理所当然地认为他在第一天晚上会更喜欢非正式聚会，玩玩纸牌，抽抽雪茄，不想被那些妩媚迷人却有点碍手碍脚的女士们打扰。

那天晚上的客人包含我们在内，一共只有七位，用温格德的话来说，刚好凑成一个非常完美的数字：一个八音度。他作为一个新贵（新

---

[1] 用绳量给我们的地界，坐落在佳美之处：这是对圣经原文的借用和改编。《圣经·诗篇》(16:6)：用绳量给我的地界，坐落在佳美之处。

贵中的新人），被保守排外的纽约社交界视作镀金汉，因为他的发达也就十来年的事。所以，他迫不及待地追赶美国时尚，要显出文化人的派头来。他以参议员的身份邀请了最近刚到纽约的英国文学界人士——著名诗人阿尔杰农·柯亚德先生，西部乡村文学荆棘－玫瑰流派的代表人物。

"在伦敦，你肯定认识他吧？"我们等着用晚餐的时候，他笑着对查尔斯说。

"我不认识。"查尔斯冷淡地说，"我没有那个荣幸。你看，我们在不同的圈子里活动。"

我注意到温格德参议员脸上闪过一丝惊奇，他完全误解了我大舅子的意思。查尔斯想要表达的是，柯亚德先生属于伦敦的纯文学和波希米亚圈子，而他自己则活跃在更高级别的权贵阶层。但是参议员更习惯于从暴发户的视角来看问题，他认为，查尔斯的意思是，他还没能进入以柯亚德先生为主打明星的卓越小团体。这自然让参议员对自己拓展文学界人脉的做法更加得意。

两分钟后，诗人进来了。就算我们从来没有在《河滨杂志》上见过他的照片，一见到此人，也能马上认出这就是真正的诗人。他有一双热情的眼睛，精巧的嘴巴，垂在宽阔前额上的灰色卷发散发着艺术气息，灰白的胡须让那温和的笑容更加动人，他一笑就露出两排洁白无瑕的牙齿。大多数宾客那天下午在莲花俱乐部举办的欢迎会上就见过了柯亚德，因为诗人是头一天晚上抵达纽约的。所以，只有我和查尔斯需要介绍给他认识。这位名流穿着一身寻常的晚礼服，没有一点纨绔气，但他的衣服扣眼上别着一朵精致的不知名的蓝色小花。他远远地向查尔斯弯腰致意，透过眼镜审视着他，胸前的一粒硕大钻石闪闪发光，暴露了他的荆棘－玫瑰诗歌（根据他著名的史诗命名）让他名利双收的事实。过了一会儿，他跟我们解释，他的纽约之行是来给自己讨版税的。"这些家伙，"他说，"上一册书只付给我八千英镑。我可受不了了，你知道，现代游吟诗人也与时俱进呢，只有及时买了单才会献艺，所以我来调查清楚。喏，投了硬币，诗人才会卖唱。"

"和我完全一样。"查尔斯发现了他俩的一个共同点，"我对矿井感兴趣，我也是来关心自己的开采权使用费的。"

诗人又扶着眼镜，把查尔斯从头到脚仔细地打量了一番。"哦……"他拉长了声音喃喃道。他没有再说一句话，但不知怎的，每个人都觉得查尔斯整个人都蔫儿了。入席的时候，我看到温格德急匆匆地调换了座位卡。显然，刚开始他是安排查尔斯坐在诗人旁边的，现在他改变了座次，把阿尔杰农·柯亚德先生安排在一个铁路大王和一个杂志编辑中间。我从未见过我那受人敬重的大舅子如此安静，一言不发。

席间，诗人的举止真是出人意料的特别，他总是不合时宜地引用诗句。

"先生,您要烤羊羔还是煮火鸡?"侍应问道。

"玛丽有只小羊羔[1],"诗人说,"我要学玛丽。"

查尔斯和参议员都觉得这种言辞有失体统。

晚餐过后,趁着路易王妃香槟醇美的余韵,查尔斯又恢复了精神,他兴致勃勃,谈天说地。诗人给我们讲了伦敦文学界的许多趣事,让我们大笑不已,其中至少有两个是新鲜事。查尔斯也不示弱,夸夸其谈,娱乐诸位。他的状态好极了。他并不是经常才思敏捷,但如果他愿意的话,也有一种尖酸刻薄的幽默,绝对有趣,但严格来讲,或可说不失粗俗。在这个特别的夜晚,让人交口称赞的温格德香槟(美国最好的香槟酒)让他格外激动,他添油加醋地讲述了克莱上校变化多端欺骗他的事。他可不是像我这样通篇平铺直叙就事论事地记录,他不仅压缩了一些最逗乐的细节——没别的原因,只因这些细节显然对他不利——还极力夸大渲染自己的惊人智慧,因为有几次差点就抓住克莱上校了。不过,如果我们能体谅一下这种出于本能的虚荣心而对故事有所删减的话,也会觉得他的确很逗——他把这事儿讲成了一出滑稽戏,而不是一场灾难。他看了看席间各位,然后说,不管怎么样,这

---

1 玛丽有只小羊羔:出自《玛丽有只小羊羔》,美国儿歌。

四年被克莱上校榨取的钱财,还没有他一次判断失误在伦敦股票交易市场上损失的多,他似乎在隐隐地告诉这些体面的纽约人,他倒是乐意破点小财,回报克莱上校的诡计带来的兴奋与激动。

诗人很得意。他说:"您真是一个高尚的人,查尔斯爵士。我真高兴见到这样有胆有识的老派英式风范的人。那个家伙也一定有过人之处。我想记下几个故事,这会是很好的冒险小说的素材。"

"我不知道自己是否会成为小说的主人公。"查尔斯得意扬扬地嘟哝了一句。当然他不会去搞清楚的。

"我倒是在想,把克莱上校作为主人公。"诗人冷冷地回应。

"哈,你们作家就是这个样子。"查尔斯很热情地答道,"你们总是会不自觉地同情那些混混。"

"总好过同情糟糕的股票投机生意吧。"柯亚德冷冰地反驳。

其他人不安地笑了笑。铁路大王扭着身体,温格德想要快点换个话题,但查尔斯不会乖乖就范的。

"不过你必须听听故事的结局,"他说,"那还不是最糟糕的。最卑鄙的是他还是一个伪君子。他上次诡计得逞之后,还给我写了这样一封信——喏,就在这里,就在美国。"然后他继续讲述他眼里的奎肯伯斯事件,并且掺杂了各种纯属范德瑞夫特式的想象。

查尔斯提到奎肯伯斯夫人的时候,诗人笑了。"已婚女人最糟的地方,"他说,"就是——你不能娶她们,未婚女人最糟的就是——她们想要嫁给你。"但是讲到这封信的时候,诗人的眼睛一直盯着我的大舅子。我必须承认,查尔斯片面地解读了这一封信。即便如此,那封信字里行间仍流露出一些善意。不过查尔斯末了只是说,"那么,纵观他所有的卑劣行径,这个流氓证明了自己就是一个爱发牢骚的小人,一个恶心的伪君子。"

"难道你不觉得,"诗人打断他的话,以那文雅的调子慢吞吞地说道,"也许他是认真的?为什么他没有受到一点点良心的谴责?——残存的良知让他没去背叛那个信任他的人。我倒是有个看法,一家之言,那就是即便最坏的人身上也总有好的地方。我看到他们通常都能让女人对自己一往情深,忠贞不渝。"

"哈,让我说中了!"查尔斯冷笑道,"我跟你们说过,作家总是会偏袒无赖。"

"也许是吧。"诗人回答,"因为我们都是普通人。我们中谁是没有罪的,可以先扔石头。[1]"说完,他闷闷不乐地陷入了沉默。

我们起身离席,每人拿了一支雪茄,来到吸烟室。这是一间摩尔

---

1 我们中谁是没有罪的,可以先扔石头:这是对《约翰福音》中耶稣原话的借用和改写:"你们中间谁是没有罪的,谁就可以先拿石头打她。"

风格的房间，室内悬挂着各种东方饰品。温格德参议员和查尔斯在房间里谈论着富矿带、牧场还有其他令人兴奋的餐后话题。杂志编辑不时地插进来问点问题，或是讲点讽刺意味的奇闻逸事。很明显，他留意着新一期刊物的故事素材。只有阿尔杰农·柯亚德若有所思地坐在一边，一只手托着下巴，神情专注，凝视着壁炉里的余火。顺便说一句，让人惊奇的是，他的手上戴着一枚奇特的古旧戒指，很明显是埃及或者伊特鲁里亚的工艺，戒指上还镶有一粒多个大切面的钻石，非常惹眼。只有在打惠斯特牌的时候，他才吱声表达了一下自己的看法。

"霍金斯封爵了。"查尔斯提起了伦敦的一个熟人。

"怎么封的？"参议员问。

"徒有虚名而已。"诗人尖酸地说。

"勋位是很容易获得的。"杂志编辑补充说。

"查尔斯爵士用计可以封俩。"诗人说。

夜晚将近，诗人还是闷闷的，可以说脾气有点乖张。温格德参议员友好地提议玩瑞典扑克。这是西方社交圈新近流行起来的游戏，是老式赌博游戏的新玩法，不过我们当中除了无所不知的诗人和杂志编辑会玩，其他人都不太会。后来我们才知道，温格德之所以提议玩这个，是因为他听说柯亚德当天下午在莲花俱乐部看别人打这种牌，而且这是他最喜欢的娱乐活动。不过，他现在却不想玩。他说，他是穷人，其他人都是有钱的主儿，他干吗要浪费一打宝贵的十四行诗给百万富翁的镀金宫殿再加个尖角呢？另外，他歌颂淳朴天真的共和党人的颂歌才写到一半呢。民主党参议员简朴的房屋让他不由得联想起罗马贵族登塔图斯、卡米卢斯以及法比氏族来了。但是温格德隐隐觉得自己正在被他取笑，坚持让诗人与金融家玩一盘。"你会赢的，你知道的，"他说，"想玩多久就玩多久。你可以下很小的注或者盲赌，一切随你的意。这是一种很民主的游戏，每个人可以自己决定赌额，庄家除外。而且你也不必做庄，除非你自己想。"

"哦，如果你坚持的话。"柯亚德慢吞吞地说道，他一副没精打采很不情愿的样子，"我当然会参加的，我不会搞砸今晚的聚会的。但是记住，我是一个诗人，我有新奇的灵感。"

这些牌是双角码式的牌，也就是说，两个角上分别印有小小的花色符号和点数，牌面上同样有，以便查看。刚开始我们玩得很小。诗人几乎不下注，即使下注也只是几英镑，结果一直不停地输。他想要以金币下注，用美元玩的话很难有灵感。大家都在不断加码，我们都用现金投注，绿色的桌布上堆起了高高的钞票。最后，查尔斯看着他，有些挑衅地小声问："那么，你的灵感呢？阿波罗不理你了吗？"

我得说，查尔斯这次的引经据典非常出彩，让我十分惊讶。（后来我发现他是抄袭了那天晚上《批评家报》上的言论。）不过诗人只是微微一笑。

"没有。"他平静地回答,"我现在就在等一个灵感。灵感降临的时候,你一定会有所受益的。"

下一轮查尔斯做庄发牌。诗人照旧不看牌就下注,一副绅士的派头。大大出乎我们意料的是,他拿出一卷钞票,平淡无奇地说:"现在灵感来了。'三心二意'就好。我下五千。"当然,这是美元,不过也值一千英镑了——这对于一个作家来说,是相当高的赌额了。

查尔斯微笑着翻开自己的牌,诗人也翻开自己的牌——他赢了一千。

"好牌!"查尔斯低声说道,他假装毫不在意,但输了钱很不痛快。

"灵感!"诗人自言自语道,他看起来比之前更加神思恍惚了。

查尔斯又开始发牌了。诗人一双出神的眼睛盯着纸牌,思绪又飘远了。他的嘴唇微微地一张一合,喃喃自语道:"摩特尔,科特尔,亨特尔,三人一台戏,然后来了特特尔,好戏没好结局。劳拉,考拉,押韵太蹩脚了。试一试摩特尔,怎么样?"

"下不下注?"查尔斯打断了他的胡思乱想,认真地问道。

诗人一惊,答道:"不下,过。"他低头看着自己的牌,然后嘴里又念叨开了。我们看到他的嘴唇在动,听他念念有词:"共和主义,拥护你;站在西海边,三心二意的你;多年之后,我来拜访你;检视你的纯真盟誓；你的大好青春与自由的新娘合二为一……"

"下注吗？"查尔斯又打断他的话问道。

"下，五千。"诗人神情恍惚地答道，同时把面前的那一堆钞票推出去，他的喃喃自语一刻也没消停，"为了自由的新娘，前进。前进，前进，前进，多么无力的字眼儿。不能下五千。"

查尔斯又一次翻开自己的牌，诗人又赢了。查尔斯把钱推给他。诗人神情迷离地把钱拢在一起，那样子就像一个眼望着虚空的人。他问可否借一张纸和一支笔，他刚刚想到了几行宝贵的诗句，得赶紧写下来，否则灵感就要溜走了。

"这是在赌钱。"查尔斯直率地说，"你能不能一次只专注一件事情呢？"

诗人看了他一眼，脸上露出一个同情的微笑，说道："我跟你说过我有灵感。灵感总是一起降临。我没法快速赢你的钱，除非我同时也在作诗。你没见我想出一句好诗的时候，我的好运也来了？我想到'三心二意'的时候，赢了一千，我想到'大好青春'的时候，又赢了一千。如果我想到'前进'这个词的时候下注，我会输，你明白我的规则了？"

"我说这纯粹是胡说八道。"查尔斯答道，"不过继续吧。规则是为傻瓜制定的，却适合聪明人。迟早你会栽在这种愚蠢的想象上。"

诗人继续说:"为了随之而来的,所有时光里的,自由新娘。"

"下注!"查尔斯高声大喊。我们每个人都下注了。

"随之而来的,"诗人喃喃自语,"所有的时光里。这一句太棒了。我跟一万,查尔斯爵士,随之而来。"

我们全部翻开了牌。有些人输了,有些人赢了,但诗人赢了两千英镑。

"我身上没带那么多钱。"查尔斯非常严肃地说道,他有些被激怒了,每次他打牌输了就是这样,"不过,我明天会给你。"

"再来一轮?"主人笑盈盈地说。

"不玩了,谢谢!"查尔斯回答。"柯亚德先生的灵感太不对我的胃口了。他的运气赶跑了我的运气。我不玩了,参议员先生。"

就在这时,一个仆人进来了,手上的托盘里有一封信。"是给柯亚德先生的。"仆人说,"送信人说非常紧急。"

柯亚德连忙拆开信封,我看出他有几分焦灼,一张脸突然变得刷白。

"抱……抱歉。"他说,"我……我必须马上赶回家。我的太太病得很厉害……突然发作的。抱歉,参议员。查尔斯爵士,您明天再找我算账吧。"

他的声音很明显有些颤抖。至少我们能感觉到他是个有血有肉的人。显然,他被吓着了,没法再冷静,他梦游一般地同我们握手,然后冲下楼找风衣。他刚出门,就来了一个客人,正好与他在门口错过。

"嗨,伙计们。"他说,"你们知道不,我们被骗了?在莲花俱乐部。今天我们邀请加入俱乐部的那个名誉会员,根本就不是阿尔杰农·柯亚德,而是个明目张胆的骗子。今晚刚收到一封电报,说阿尔杰农·柯亚德先生在英国家中病危。"

查尔斯猛地倒抽一口气。"克莱上校!"他大嚷道,"他又骗了我一次。现在还来得及,赶紧追上去,先生们,捉住他!"

我们这辈子还从没有这样的侥幸去追捕这个厉害的对手。我们全体冲下楼,蜂拥而出跑上第五大道。这个冒牌诗人就在我们前面一百码处,他知道自己露馅了,但他跑得飞快。不过以我的年纪,我也算是健步如飞,我拼命地追赶他。他跑过一个转角,发现无路可走,马上就要被追上了,又猛地飞奔回来。我沾沾自喜地想,就要抓住这个臭名昭著的罪犯了,加快了速度,喘着粗气,我马上要捉住他了。他穿着一件很薄的风衣,我抓住了他的衣服。"终于逮着你了!"我大喊,"克莱上校,我抓住你了!"

他扭头看看我。"哈,又是十个点!"他一边挣扎一边大喊,"就你吗?不,别做梦了,先生!"他说着,两只胳膊一甩,就把风衣脱了下来。这并不难,因为衣服很新,滑得跟丝绸一样。他猛地来这么一招,我完全没有防备,让他给挣脱了。我之前一直抓着他的衣服揪住他，现在失去支撑，扎扎实实地跌在满是稀泥的街道上，摔了个四脚朝天，背也严重摔伤了。克莱上校一阵狂笑，穿着他的晚礼服狂奔，拐过街角就没影儿了。

几分钟后我才完全喘过气来，费劲地站起来，检查自己身上的擦伤。这个时候，查尔斯和其他人一起赶过来了，我向他们解释了一下情况。对于我的热忱表现，我手臂擦伤，还搭上一件上好的晚礼服，凡此种种，我的大舅子一句好话都没有，相反，他还冷冰冰地嘲讽我，说我差不多已经抓住那人了，就该把他抓牢啊。

"至少我抓到了他的衣服。"我说，"说不定能给我们一些线索。"我手里拿着他的衣服一瘸一拐地往回走，擦伤的地方疼得厉害，我浑身都在抖。

我们回来检查这件外衣，却没有发现制作者的标签。后背上的布条带，往往是裁缝骄傲地展示自己手艺的，也被小心翼翼地剪掉了，取而代之的是一根普普通通的黑布条，上面没有任何标记。我们搜看胸前的口袋，里面有一条上好的亚麻手绢，同样没有名字。两侧的口袋——啊，这是什么？我得意地掏出一张纸来。这是一张便条，真是重大发现啊，就是刚刚参议员家里那个仆人给他的。

我们大气也不敢出地读了起来：

亲爱的保罗：

我早就警告过你,这样太危险了。你早该听我的,无论如何不该去假扮任何真人。我刚刚碰巧看到旅馆电报,看到克卢蒂德普今日股价行情,你知道我看到英国的最新消息是什么吗?"著名诗人阿尔杰农·柯亚德先生在德文郡家中已处于弥留之际。"现在肯定全纽约都知道了。一分钟也别逗留,就说我病危,赶紧离开,不要回酒店。我正在收拾东西,在玛丽家见面。

深爱你的
玛格特

"这非常重要。"查尔斯说,"这封信确实给了我们一些线索。现在有两件事情我们清楚了:他的真名叫保罗——不管全名是什么,皮卡尔夫人就是玛格特。"

我又搜了一下衣服口袋,掏出一枚戒指。显然,他见我追赶的时候,把这两样东西放到了口袋里,而在跟我扭打的紧要关头却把这些东西忘记或者丢弃了。

我仔细地端详这枚戒指,这就是我看到他玩瑞典扑克时戴在手上的那一枚。戒指的中央有一粒硕大的合成宝石,有许多切面,中间凸起就像一个小小的金字塔。宝石一共有八个面,有一些面是绿宝石、紫水晶、绿松石等等,但是有一面,与佩戴者的视线成直角的那一个面,压根儿就不是宝石,而是一面极其袖珍的凸面镜。我马上就明白怎么回事了。我大舅子发牌的时候,他把手漫不经心地放在桌子上,当他发现镜中自己牌面上的花色和点数比查尔斯好的时候,他就来了"灵感",信心十足地去拼运气,或者说,胸有成竹地来下注。我完全相信,这种古怪的镜片是一种非常厉害的放大镜,帮他使诈成功。然后,我们做了个实验,用这种方式玩了一把——我戴着戒指,结果发现,就凭裸眼,我也每次能看到发给我的牌上面的花色和点数。

"天哪,这是使诈。"参议员身体往后一缩,说道。他想要告诉我们即使是西方的投机分子也是有底线的。

"是的。"杂志编辑附和道,"赌技术是为合法,赌运气是为愚蠢,而知晓了牌底来赌,就是——"

"丧德。"我说道。

"真是诡计多端。"杂志编辑说。

"这个花招其实很简单。"查尔斯打断他的话说道,"如果其他人这样做,我肯定会识破的,但他喋喋不休他的灵感让我想不到那上头去。这骗子故意在掩饰,他玩了一个魔术师常用的伎俩,把你的注意力从真正的关键点转移到别处,等你彻底掉到坑里了,你才发现他的真正用意。"

我们让纽约的警察追查上校,但是,跟往常一样,他又消失在了曼哈顿的薄雾中。我们没有找到他的任何蛛丝马迹。"玛丽家",我们只有一个粗略的地址。

我们在纽约等了整整两个星期,一点进展也没有。我们怎么都找不到"玛丽家"。唯一表明他还在这个城市的就是他照例寄给我们的侮辱信件。内容如下:

哦,永远的傻瓜!

自从在乔治湖边见过你后,我便返回伦敦,又匆忙出来。我需要去处理一些事务,当然现在也已完成。英国警察对我的过度关注,让我又一次像猎户星座一样,"缓缓西斜"。我回到美国就是想看看你是否还那么不长进。我刚到的那天碰见温格德参议员,就接受了他的善意邀请,顺便看看我的上一封信给你带来了多大的影响。我发现你还是那么顽固,依然误解我的心意,我便决定再给你一个小小的教训。差点就露馅儿了,坦白来说这次意外的确让我有点紧张。现在我打算洗手不干了,准备定居萨里。我的意思是再小小地干一票,事成之后,克莱上校就会收手,像辛辛那图斯[1]那样,回乡务农。

---

[1] 辛辛那图斯:罗马执政官,被认为公民道德的典范。罗马需要辛辛那图斯履行保卫共和国的公民义务时,他放下了手中的一切,全力履行职责。任务完成后,辛辛那图斯又以一个普通公民的身份重新回归田园生活。

你再也不用怕我了。我已经有了相当的财力，保我一生无忧，我可不像你那样贪得无厌。我觉得作为一个好公民，就得早点退休，把机会让给那些更年轻、更能干的骗子。我会常常愉快地回顾我们一起经历的这场美妙的冒险。既然你拿到了我的风衣，还有我很重要的戒指和信件，那么我俩之间的恩怨也就抵消，互不相欠了。我要体面地谢幕了。

真诚地祝福您

卡斯伯特·克莱，诗人

"他就是这样！"查尔斯说，"用最后一票来恐吓我。就算他真这么打算，我凭什么相信他？像这样的流氓说这些话，不过是为了让我消气而已。"

我个人而言，倒非常赞同"玛格特"的话。当上校扮成一个名人出场时，我觉得他基本上就是亮出自己的底牌了，退居萨里是明智之选。

然而杂志编辑用一句话做了总结："不要相信那些靠勤奋和能力获得财富的无稽之谈。生活就像打牌一样，两个因素带来成功，一是机遇，二是欺骗。"

贝氏法[1]

我们从纽约返家的海上旅途真是可怕极了。船长跟我们说他"对大西洋的每一滴水都了如指掌",但他从未见过像这样片刻也不停息的惊涛骇浪。船在深海槽里翻转,查尔斯在船舱里打滚,非常难受。我们渐渐靠近爱尔兰的海岸了,我在狂风中爬上甲板,又急忙折回船舱告诉我的大舅子,已经可以望见灯塔岛了。查尔斯只是在他的铺上翻了个身,哼了一声答道:"我才不信,我觉得倒有可能是换了一身打扮

---

[1] 贝氏法:贝迪永,十九世纪的巴黎警察,"嫌犯辨认技术之父",利用其对身体力学和身体测量的研究识别罪犯身份。这种方法被称作"贝氏法",一直被警方采用。

的克莱上校！"

不过，在利物浦，艾德菲酒店让他宽慰多了。我们惬意地在只有百万富翁才消费得起的路易十五餐厅用餐，然后第二天坐普尔曼卧车前往伦敦。

阿梅莉亚听到国内这场灾难的消息，失声痛哭起来。看来凯瑟琳娜已经告知她了。

查尔斯刚回到家就琢磨起他那份最不起眼的投资来了。同许多有钱人一样，我这位可敬的亲戚心底里或多或少有一种挥之不去的畏惧，怕自己沦为乞丐死在街头。我得说，没有人会相信他真会遭此不幸。为了防止这种不幸发生，他在几年前买了一笔二十万英镑的公债，万一戈尔康达钻石和南非垮台，他还有备用资金。作为他这种可爱癖好的一部分，他的那一部分分红，不接受邮寄的方式获取，而是坚持像老太太和乡村牧师那样，一年四次亲自给英国银行打电话要钱。因此，不仅是一些银行工作人员跟他很面熟，每到记账日的那几个星期里，人们都会看到他准时地出现在针线街。我们到达镇上的第二天早晨，查尔斯一看到我就兴奋地说："西摩，今天我一定要到城里去领我的红利，有两个季度没领了。"

我陪他一道去了银行。就连门口那趾高气扬的银行执事都来帮忙解开百万富翁的马车缰绳。接待我们的工作人员微笑着点点头，摆着一副惯常的姿态，问我们："需要办什么业务？"

"取二十万英镑的分红，两个季度的。"查尔斯答道，一副很随和的样子。

银行职员查了查账目。"已经付过了！"他坚定地说，"恕我冒昧，先生，请问您玩的什么把戏？"

"已经付过了！"查尔斯附和道，身子往后一缩。

银行职员盯着他。"是的，查尔斯先生。"他用一种严肃的口吻答道，"您一定记得，就在上个星期，您自己在这个柜台从我这里取走了一个季度的分红。"

查尔斯目不转睛地盯着他，末了说道："给我看一下签名。"他的语气里充满了迟疑和不解。我猜有麻烦了。

银行职员把账本推给他。查尔斯仔细地检查了一下这个签名。

"又是克莱上校！"他大喊道，沮丧地转身对我说，"他一定是扮成我的样子了。我要死在济贫院里了，西摩！那个男人把我的储备金偷走了。"

我瞥了一眼马上明白了。"是奎肯伯斯夫人！"我接着说，"在伊特鲁里亚的那些肖像画！就是为了帮他作伪装的！你回想一下，她是不是从各个角度仔细勾勒了你的脸和身形。"

"那么，最近一次提钱是什么时候？"查尔斯吃惊地问道。

银行职员翻开记录。"七月十日。"他漠不关心地答道,好像这根本不是什么要紧的事情。

现在我知道上校为什么要跑到英国来了。

查尔斯跟跟跄跄地往外走。"带我回家,西摩。"他哭喊道,"我完了,完了。他连一个子儿也不会留给我的。我可怜的、可怜的孩子们要在伦敦的大街小巷上要饭了,谁都不会理他们的!"

由于阿梅莉亚有价值十五万的不动产,所以这起突发事件并没有让我像查尔斯那么伤心。

我们做了所有必要的调查,并一如既往地马上就报了警,但仍无济于事。这笔钱一旦支取,再无法收回。这是公债的一个有趣的小特点,政府拒绝在任何情况下重复支付。查尔斯驱车回到梅费尔,整个人完全蔫了,垮了。我想,如果克莱上校自己在这个时候看到查尔斯,也会对自己的绝顶聪明给人带来那么多痛苦迷惘而心生怜惜吧。

午饭后,我的大舅子又渐渐恢复了活力,重新打起一点精神来。"西摩,"他对我说道,"你一定听说过贝迪永嫌犯识别法吧。"

"我听说过,"我答道,"非常有效。但是,像格拉斯夫人餐桌上的罐焖野兔肉一样,一切都有赖于第一步。'首先要抓住你的罪犯',到目前为止,我们从来没有抓到过克莱上校……"

"或者,更恰当地说,"查尔斯毫不客气地打断我的话,"就算你真正抓住他了，你也没把他抓稳。"

我没理他这个不客气的暗示，用同样的口气继续说道："我们一直都没抓到过克莱上校，或者我们抓到了他，也没有办法用贝氏法来识别他。另外，就算我们某一次抓到他，及时记录下他的鼻子、下巴、耳朵、前额的样子，可这对于一个每次都用一张新面孔来欺骗和愚弄我们的人来说，又有什么用呢？况且他总是能够把自己的脸做成任何他想要的样子。"

"没关系，西摩。"我的大舅子说道，"我在纽约的时候就听人说，伦敦的弗兰克·贝德斯利博士是目前英国最精通贝氏法的人。我要去拜访贝德斯利，或者我请他明天到这里来吃午饭。"

"谁告诉你的？"我问道，"但愿不要是奎肯伯斯医生或者阿尔杰农·柯亚德先生。"

查尔斯不说话了，仔细回忆起来。"不是，不是他们两个。"他想了一下，很快回答，"是我们在温格德家遇见的那个杂志编辑告诉我的。"

"他没问题。"我说，"或者，至少我希望如此。"

于是，我们给专门从事该项研究的贝德斯利博士写了一封十分礼貌的邀请函，请他第二天与我们在梅费尔共进午餐。

贝德斯利博士来了，他是一个矮小精悍的男人，一双蹙眉，敏锐的小眼睛，一见到他我都疑心，他会不会又是克莱上校扮演的一个角色。

他说话简洁明了，行为做派都是科学家的样子。他一见面就立刻告诉我们，只有等专家见过罪犯一次，贝氏法才派得上用场。不过，要是我们早去找他咨询，也许会帮我们避开一些重大失误。"一个心思如此精巧的人，"他说，"毫无疑问自学过贝氏法，他会采取一切可能的方法防止自己被鉴别出来。因此，你们几乎可以忽视鼻子、下巴、胡须、头发等能够被轻易改变的外貌特征。但还有一些特征是持久不变的——身高、头型、脖子、身材、手指头、音色、眼球虹膜的颜色。不过，就连这些特征也可能被部分地伪装和隐藏起来。而发型、填充物的多少、衣服高领、深色眼线，这些对面部容貌的改变完全超出了你的想象。"

"我们已领教了。"我答道。

"声音也是可以伪装的。"贝德斯利博士继续说道，"声音最有欺骗性。这名男子无疑是一个聪明的模仿者。他也许能够压缩或者放大自己的喉腔。从你们告诉我的情况来推断，他每次所扮演的角色会迫使他很大程度上改变和调整他的语调和口音。"

"是的。"我回答，"作为墨西哥先知，他当然有西班牙口音。作为一个小小的乡村牧师，他就是一个有教养的北方乡下人；作为戴维·格兰顿，他有文雅的苏格兰口音；作为立本斯坦爵士，德国南方人，他努力用法语来表达。作为施莱尔马赫教授，他说着一口带有德国南部口音的烂英语；作为伊莱休·奎肯伯斯，他的语音又有很明显、很标准的肯塔基风味；作为诗人，他赶着俱乐部的时髦，慢条斯理，带着德文郡先祖的余韵。"

"的确如此。"贝德斯利博士答道，"跟我想的一样。现在的问题是，你是否知道他到底是一个人，还是一个帮派？这是不是一个组织的名字？你有没有克莱上校任何一个伪装形象的照片？"

"一张都没有。"查尔斯答道，"当他是梅德赫斯特侦探的时候，他自己拍了一些。但他立刻就把它们都装进口袋了，我们再也没有见过了。"

"你们能不能弄到几张呢？"博士问，"你有没有注意到那个摄影师的名字和地址？"

"太可惜了，我们没有。"查尔斯答道，"但是尼斯的警察给我们看了两张。也许我们可以跟他们借来看看。"

"在我们拿到照片之前，"贝德斯利博士说，"我觉得，我们什么都做不了。如果你们能够一次给我两张不同的真人照片，无论他们是如何伪装的，我都能够辨认出拍的是不是同一个人。这样的话，我觉得我可以找出一些相同的具体细节来，这些发现能帮助我们调查下去。"

这些话都是中午在饭桌上说的，阿梅莉亚的外甥女多莉·林菲尔德恰好也在场。我偶然发现，我们谈话的时候，她的脸上偷偷浮现出一丝非常内疚的神情。尽管到现在我已经学会了怀疑一切，但我并不觉得多莉就是克莱上校的同党。不过,我纳闷,她脸变红一定意味着什么。让我感到惊讶的是,午饭过后,多莉把我单独叫到书房里。"西摩叔叔,"她对我说,"如果你想要克莱上校的照片的话,我倒是有一些。"这个孩子叫我西摩叔叔,但是我跟她并无任何亲属关系。

"你有?"我惊讶地叫起来,"天哪,多莉,你是怎么弄到的?"

她迟疑了一两分钟要不要告诉我。最后,她小声地说:"如果我说实话,你不会生气吧?"(多莉只有十九岁,非常漂亮。)

"孩子,"我说,"我怎么会生气呢?你完全可以相信我。"(她的脸红成那样,谁还好对她生气呢?)

"你也不会告诉阿梅莉亚姨妈或者伊莎贝尔阿姨吗?"她有点紧张地问。

"对谁都不会说。"我回答。(事实上,多莉要告诉我的事情,我最不想告诉的就是阿梅莉亚和伊莎贝尔。)

"好吧,你知道,我待在塞尔登的时候,那会儿戴维·格兰顿先生也在。"多莉继续说道,"或者,更准确地说,那个坏蛋假扮戴维·格兰顿的时候,对了……你……你不会生我的气,对吗?有一天,我用柯达相机偷拍了他和阿梅莉亚姨妈!"

"嗯,这有什么问题呢?"我不解地问。我的想象再狂野,也不会料到戴维阁下在跟阿梅莉亚调情。

多莉的脸更红了。"哦，你认识伯蒂·温斯洛吗？"她说，"他对摄影感兴趣，而且对我也很感兴趣，他发明了一种显影法，他说没有一点儿实际用处，但它的特点在于能够显示皮肤的肌理，至少伯蒂是这么说的。它可以让事物的纹理显现出来。他还给了我半打这样的胶片，也许还要多些，我装在柯达相机里，就是用这些胶片给阿梅莉亚阿姨拍照的。"

"我还是不明白。"我一脸滑稽地看着她，喃喃道。

"哦，西摩叔叔，"多莉叫道，"你们男人真是没眼力见儿！要是阿梅莉亚姨妈知道了，她永远都不会原谅我的。天哪，你一定懂的，女人为什么要抹腮红，还有珍珠粉！"

"哦，它们都在照片上显现出来了？"我问。

"显现出来了！我觉得就是！姨妈的脸上全是小黑点。她在照片里面看起来就是那一副模样！"

"克莱上校也在里面？"

"是的，我拍照的时候，他正在和姨妈说话，他们都没有发现我。伯蒂把照片冲洗出来了。我有三张戴维·格兰顿的照片。三张好照片，拍得非常成功。"

"还有其他人的吗？"我看出点端倪了，就继续问她。

多莉犹豫着，脸更红了。"其他的是跟伊莎贝尔阿姨一起拍的。"

她经过一番纠结后答道。

"亲爱的孩子,"我掩藏了身为一个丈夫此时的感受,回答道,"我会勇敢的,我会承受住最糟的打击。"

多莉抬起头,用恳求的目光看着我。"是在伦敦拍的。"她继续说道,"我最后跟阿姨待在一起的时候。梅德赫斯特到了这个房子里,我拍到他有两次,跟伊莎贝尔阿姨面对面地单独待在一起。"

"伊莎贝尔不涂脂抹粉。"我小声说,语气很坚决。

多莉又踟蹰了一下。她低声说:"是的,但她的头发有颜色!"

"头发的颜色,"我承认,"是有几处用了染发剂的缘故。"

多莉顽皮地笑了一笑。"是的,是的。"她继续说,"哦,西摩叔叔,用了染发剂的那个地方,你瞧,在照片上看得出来,闪着明亮的金属光泽!"

"把照片收起来吧,亲爱的。"我说着,用手轻轻拍拍她的头。为了正义,我认为最好不要吓到她。

多莉把照片收起来。在我看来,这不过是些破烂玩意儿,但还是值得一试。进一步讨论之后,我们觉得只消用一把剪刀就可以解决,把所有照片都一分为二,抹去阿梅莉亚和伊莎贝尔的所有痕迹。即便如此,我觉得最好还是把查尔斯和贝德斯利博士叫到书房来跟多莉私下交流一下,而且也不要把这些残缺的照片公之于众。就这个不可小觑的上校,我们一共有五张残缺的肖像,都是从不同角度偶然拍到的。一个小孩就这么撂倒了欧洲最聪明的骗子!

贝德斯利一看到这些照片,脸上就浮现出好奇的表情。"天哪,林菲尔德小姐,"他说,"这些照片,是以赫伯特·温斯洛的方式拍的。"

"是的,正是这样。他是……我的一个朋友,你不认识。他给了我一些胶片,刚好我的相机可以用。"

贝德斯利目不转睛地审视着这些照片。然后他对查尔斯说:"这位年轻小姐在不知不觉中追踪到了克莱上校。这些都是这个男人的真实照片,他就是这个样子,没有任何伪装!"

"在我看来照片上全是斑点,"查尔斯低声说。"鼻子上的粗黑线条,还有脸上的斑点。"

"对极了。"贝德斯利插话道,"这些就是不同的肌理。它显示出这个男人脸上有几分是肉……"

"还有几分是蜡。"我大胆说道。

"不是蜡。"专家答道,他看得更仔细了,"这是一种比较硬的混合物。我猜,这是一种牙胶和印度橡胶的合成物,它很好上色,使用时会变硬,可以均匀抹开,而且耐热,不易融化。看这里,这是一块人造疤痕,填在真正凹下去的地方;这个是鼻尖上多出来的一点儿;这些是阴影,由于脸颊内部有填充物,让他看起来更胖!"

"哎呀,确实是这样。"查尔斯喊道,"印度橡胶,一定是这个,所以在法国,他们称他为橡胶上校!"

"你能根据这两张照片再现他的真面目吗?"我焦急地问道。

贝德斯利博士专注地盯着照片。"给我一两个小时,"他说,"还有一盒水彩,我把照片两两合并在一起,到时候,我就能除去那些伪饰,为你呈现一个相对合理的此人的真实面目。"

我们给他提供了需要的材料,让他一个人在书房待了几个小时。到了下午茶时间,他已经勾勒出第一张人像草图,这张人像具有两张面孔的一些共同特点。他把它拿到客厅给我们看。乍一看,这真是一副很有意思的面孔,我只是还有些不确定,再说它和高尔顿[1]先生在同一相纸上对两张底片连续曝光约十秒钟做出的"合成照片"并无二致。不过,我马上想起来,克莱上校的每一个角色当中都有一些共同点。尽管在真实生活中,牧师没让我们联想到先知,伊莱休·奎肯伯斯也跟立本斯坦伯爵或者施莱尔马赫教授没有半点相同,然而在这张由戴维·格兰顿和梅德赫斯特合成的面孔里,我本能地察觉到了这个冒名顶替者在每一幅面孔下的共同特点。换句话来说,就算他能够乔装打扮,

---

[1] 高尔顿:英国遗传学家,他发明了一种把不同人的五官叠加在一起制作合成照片的方法。

掩盖各个角色的共同特点,他却不能够掩饰自己的个性,不能够完全隐藏自己天生的体格和五官。

另外,除了先知和牧师那些让人印象深刻的特征外,我隐约觉得自己在某时某地见过这个水彩画像上的他。不是在尼斯,不是在塞尔登,不是在梅拉诺,也不是在美国。我觉得自己是在伦敦哪个地方的一个房间里见过他。

查尔斯望着我背后,突然,他身体轻微地抽了一下。"天哪,我知道他是谁了!"他大喊,"你回想一下,西摩,他是费格摩尔的弟弟——那个没有去中国的人!"

然后我一下子就想起来是在哪里见到他的了,是我们出发去美国前,在商业中心的经纪人那里见到的。

"他的教名是什么?"我问道。

查尔斯想了一会儿。"跟那张风衣里的纸条上签名一样。"最后他说,"这个人叫保罗·费格摩尔!"

"你会逮捕他吗?"我问。

"我可以凭这个证据逮捕他吗?"

"我们可以拆穿他。"

查尔斯沉思了一会儿。"我们没有什么指控他的证据,"他慢慢说道,"除非我们现在能够确认他的身份。这可能有点难啊。"

就在这时,仆人端着茶进来了。查尔斯显然想知道,克莱上校扮作戴维·格兰顿的时候,这名跟我们一起在塞尔登的仆人是否会记得那张脸,或者认出自己曾经见过这张脸。"看这里,达德利。"他拿起水彩画像问道,"你认识那个人吗?"

达德利凝视了一会儿。"当然,先生。"他轻快地回答。

"是谁呀?"阿梅莉亚问道。我们期望他给出的答案是"立本斯坦伯爵"或者"格兰顿先生",抑或"梅德赫斯特"。

然而,让我们大吃一惊的是,他答道:"这是凯瑟琳娜的男朋友,夫人。"

"凯瑟琳娜的男朋友?"阿梅莉亚重复了一句,她大惊失色,"啊,达德利,你肯定、肯定弄错了!"

"不,夫人。"达德利的语气很肯定,"他经常来看她。自从我给查尔斯先生当差以来,他时不时地会来看她。"

"他什么时候再来?"查尔斯问道,紧张得大气也不敢出。

"他现在就在楼下,先生。"达德利回答。他没有意识到自己刚刚朝这个体面的家庭投了一枚重磅炸弹。

查尔斯兴奋地站起来,背挡着门。"抓住他!"他用手一指,高声对我说。

"谁?"我惊愕地问,"克莱上校?现在楼下和凯瑟琳娜在一起的年轻人？"

"不。"查尔斯坚定地回答,"是达德利！"

我用手按住仆人的肩膀，不明白查尔斯的意思。达德利吓坏了，直往后退，就要冲出房间了。但是，查尔斯背抵着门，拦住了他。

"查尔斯先生，我……什么都没有做，不应该被抓起来。"达德利惊恐地喊着，又可怜巴巴地望着阿梅莉亚，"我……我没有欺骗您。"他看起来当然不像骗人的样子。

"我敢说也不是你，"查尔斯回答，"但是你不准离开这个房间，等到克莱上校被抓了，你才能走。不，阿梅莉亚，你对我说什么都没用。他说的是真的，我现在都明白了。这个混蛋和凯瑟琳娜一直都是帮凶！那个男人现在就在楼下，正和她一起。如果我们让达德利离开房间，他就会下楼给他们通风报信。这样一来，我们还没搞清楚情况，那狡猾的狐狸又从我们手上溜走了，就像他之前那样。他是保罗·费格摩尔，凯瑟琳娜的男朋友，除非我们立刻逮捕他，一分钟也不耽搁，否则他今晚又逃往马德里或圣彼得堡了！"

"你说得对，"我答道，"机不可失！"

"达德利，"查尔斯用他最具威慑力的口吻说道，"待在这里，直到我们准许你离开房间为止。阿梅莉亚和多莉，看着这个男人，他一步也不能动，要是他挪了一步，立马制止。西摩和贝德斯利博士跟我一起去仆人的房间。我想我们可以在那儿找到这个年轻人,对吧,达德利?"

"不……不,先生。"他诚惶诚恐,结结巴巴地说,"他在管家的房间里,先生!"

我们三人同仇敌忾地朝楼下走去。半路我们遇到了辛普森,查尔斯爵士的贴身男仆兼管家,我们临时叫上他。在管家房间门口,我们适时地停了下来,只听到房间里传出说话声,一个是凯瑟琳娜的,另一个人说话的语气让我一下子想起了梅德赫斯特和先知,还有伊莱休·奎肯伯斯和阿尔杰农·柯亚德。他们正用法语聊天,我们不时听到克制的笑声。

我们打开了门。"所以,这个老人很有趣吧?"这是那人的声音。

"很有趣呀。"这是凯瑟琳娜的声音。

我们冲到他们面前,抓了个现行。

凯瑟琳娜的男朋友一只手拿着帽子站起来,态度很恭敬。这立刻让我想起了梅赫斯特第一次在马维利尔家里站着和查尔斯讲话的情景,也让我想起了那个小牧师作为一个无私布道者时那极谦逊的神态。

查尔斯用手牢牢地抓住那个年轻人的肩膀,同时也示意我这样做。我看着那个人的脸,一点儿没错。凯瑟琳娜的男朋友就是保罗·费格摩尔,我们经纪人的弟弟。

"保罗·费格摩尔,"查尔斯严厉地说,"或者说卡斯伯特·克莱,我现在逮捕你,以盗窃和阴谋罪指控你。"

年轻人看了他一眼。他看起来既惊讶又疑惑。但即使如此,他依然保持着一贯的冷静。"干什么,五个对一个?"他一边数着我们的人数,一边说,"法律和秩序管不管这个?五个体面的流氓逮捕一个穷骑士!哎呀,比纽约还糟糕呢。瞧,只有你和我,你知道的,照旧十个点!"

"抓住他的手,辛普森!"查尔斯大声喊道,他浑身发抖,生怕敌人逃跑了。

我们已经按住了保罗·费格摩尔的肩膀,他还直往后退。"不,你不可以这样,先生。"他傲慢地对辛普森说,"别把你的手放我身上!查尔斯·范德里夫爵士,如果你愿意的话,叫个警察来,但我拒绝被一个仆人押走!"

"去叫警察来。"贝德斯利博士往前一站,对辛普森说。

这个俘虏从头到脚打量着他。"哦,原来是贝德斯利博士!"他说着松了一口气。很明显,他知道他。"如果你严格按照贝氏法来追踪我,我不会太难过的。我不向傻瓜低头,我只认科学。我觉得这个钻石大王并没有足够的脑子能想到找你帮忙。他是我这辈子遇到过的最好骗的老混蛋。但是你来抓我,我只能认命。"

查尔斯用力抓住他的手。"西摩,注意不要让他挣脱了。"他大喊道,

"他又在玩他的老把戏了！不要听这个人的话！"

"小心点，"俘虏说道，"别忘了波尔佩罗博士！你以什么罪名逮捕我呢？"

查尔斯愤愤不平地念叨起来："你在尼斯欺骗了我，在梅拉诺，在纽约，还有巴黎！"

保罗·费格摩尔摇了摇头。"没有用的。"他平静地回答，"搞清楚你在哪儿。这不在法律管辖范围之内！你只有通过引渡令才能抓我。"

"好吧，在塞尔登，伦敦，就在这所房子里，还有其他地方，"查尔斯激动地大叫，"西摩，抓紧点！管它法律不法律，我只要他现在不从我们的手里溜掉！"

正在那时，辛普森带着一个便衣警察回来了，说发现他正好在附近的台阶上溜达。警察的脸上露出窃笑，我有点怀疑他是这家人的熟人。

查尔斯郑重其事地把人犯交给警察。保罗·费格摩尔坚持让他详细说明凭什么指控自己。令我非常懊恼的是，查尔斯从他的无数罪行中，挑出了那桩英国法院管辖范围内的案件——立本斯坦城堡购买案，这事儿发生在伦敦，通过了伦敦的一家银行。查尔斯说："我保证所言属实。"他说这话的时候，我吓得浑身发抖。我突然觉得，我最怕的佣金事件马上就要曝光了。

警察带走了犯人。查尔斯仍然紧紧抓着他。他们走出房间的时候，那个囚犯转过来，压低声音对凯瑟琳娜用德语飞快地说了些什么。"我刚说的话，"他淡淡地对我们说，"尽管我好心地送了一本字典和语法书给你们，毫无疑问，你们依然压根儿没听懂！"

凯瑟琳娜深情地扑倒在他身上。"哦，保罗，亲爱的，"她哭着用英语说，"我不会，我不会的！我永远不会为了自己牺牲你的。如果他们把你送进监狱，保罗，保罗，我会和你一起去的！"

她说这些话的时候，我想起了阿尔杰农·柯亚德先生在参议员家里对我们说的话。"即便最坏的人身上也总有好的地方。我看到他们通常都能让女人对自己一往情深，忠贞不渝。"

不过，这个男人的双手还没有被铐起来，他用温柔的手松开了她的双臂。"我的丫头，"他的语气很温柔，"我很遗憾，英格兰的法律不会允许你跟我一起走的。如果真允许的话（他的声音和我们所遇到的诗人一样），石壁不足以为囚牢，铁栏不足以为鸟笼。[1]"然后他弯腰温柔地吻了吻她的额头。

我们押着他往门口走去。警察谨遵查尔斯的命令，紧紧地抓住他，但是坚决不同意给他上手铐，因为这个人并没有暴力反抗。我们叫了

---

[1] 石壁不足以为囚牢，铁栏不足以为鸟笼：十七世纪英国诗人理查·拉夫雷斯的诗，作于狱中。

一辆双轮双座马车。"去弓街!"查尔斯大喊着,一边粗鲁地把警察和囚犯往车里推。车夫点了点头。我们自己又叫了一辆四轮马车,我的大舅子、贝德斯里博士和我坐了进去。"跟着前面那辆车!"查尔斯大声说,"不要让他离开你的视线,跟紧了,去弓街!"

我回头看了一眼,在前门台阶上看到了几乎要晕倒的凯瑟琳娜,多莉正泪流满面地站在她身边,扶着她,试图安慰她。显然,她没有预料到这个结果。

"天啦!"我们转过第一个拐角时,查尔斯惊慌失措地尖叫起来,"那辆马车去哪里了?我怎么知道那个家伙就是警察呢?我们应该让那个人坐到这里来,我们根本就不该让他离开我们的视线。我可以说,那个可靠的人,警察本人都有可能是克莱上校的一个同伙啊!"

我们一路心惊胆战地开往弓街。

最后的审判

我们到了弓街,发现罪犯竟然没有避开我们,着实松了口气。真是虚惊一场。他就在那儿,跟警察在一起,老老实实地让我们对他提出正式指控。

当然,基于查尔斯和我的宣誓声明,此人立即就被拘押候审了,鉴于案情的严重和罪犯的狡猾,不得保释。我们回到梅费尔,让查尔斯伤透脑筋的人现在已身陷囹圄,他是满心欢喜,而我呢,想到那人再也不逍遥法外,我就担心那桩十个点的佣金事件很快要露馅了。

第二天,警方出动了大批警力,跟查尔斯和我商谈了很长时间。他们强烈要求至少还应指控另外两人——凯瑟琳娜和那个小女人,在不同的场合,她有不同的名字——皮卡尔夫人、"白杜鹃"、戴维·格兰顿夫人,以及伊莱休·奎肯伯斯夫人。他们说,如果逮捕了这些同案犯,我们就能在起诉书中列入他们的合谋,这就给我们多增加一分有罪判决的机会。现在,他们已经抓住了克莱上校,事实上,他们自然希望他认罪,也希望尽可能多地抓住他的同伙。

可是,麻烦来了。查尔斯一脸严肃地把我叫到书房里,盯着我,说:"西摩,这是一件很严肃的事情。我不会轻易地赌咒发誓、指认任何女性。克莱上校自己,哦,不如说,保罗·费格摩尔,是一个寡廉鲜耻的流氓,我可一点儿都不想给他打掩护。但是可怜的皮卡尔夫人,也许就是他的合法妻子,也许她只是绝对地服从他的命令。此外,我也不知道我是否就能认出她来。这是警方拿来的照片,他们觉得这女人就是克莱上校的重要同伙。现在,我问你,照片上这人跟那个一次次骗过我们的那位聪明可爱的小女人长得有没有一丝丝相像?"

尽管查尔斯嘲笑过我,我自认还是深谙秘书之职责的。很明显,从他的话音中听出来,他不希望认出她来,事实上,我也没认出来。"当然,查尔斯,这并不像她。"我很坚定地说,"我应该从来没见过这人。"不过,我没有再说我根本不认识作为保罗·费格摩尔的克莱上校,或者凯瑟琳娜的小男友,因为这些话已经明显跟我的秘书身份无关了。

不过,我忽然想到,在尼斯的时候,先知不经意地说了几句话,关于查尔斯口袋里的那封信，那封信应该就是皮卡尔夫人写的，而且我还想到了，皮卡尔夫人可能也收到了查尔斯的回信，信中的措辞他可不能让阿梅莉亚知道。的确，我必须承认，不管"白杜鹃"装扮成什么模样，查尔斯总会在见面的那一刻就立马拜倒在她的伪装下。因此，我想，不管你怎么称呼她，那个聪明的小女人也许就是一封封言语轻率的书信的主笔。

"在这种情况下，"查尔斯以他最严厉的口吻说道，"我不同意去逮捕'白杜鹃'。我……我拒绝去指认她。事实上，"他的语气越发坚定起来，"我觉得不存在任何对她不利的证据。一点儿都没有。"他停了一下，又接着说，"我丝毫不想包庇犯罪行为。凯瑟琳娜，现在，我们喜欢而且信任的那个凯瑟琳娜，背叛了我们的信任。她把我们出卖给了这个家伙。我一点儿都不怀疑，是她把宝石从阿梅莉亚的钻石项链上取下来给了他，是她一手安排好带我们去立本斯坦城堡见他，是她把我给克雷格·拉奇的信件拆开递给了他。因此，我认为，我们应该逮捕凯瑟琳娜，而不是'白杜鹃'，不是杰茜，不是那位漂亮的奎肯伯斯夫人。让罪人去受苦，干吗要打击无辜者？抑或，充其量被误导的人？"

"查尔斯，"我激动地叫道，"你的深情足显你的尊贵，你真是一个重感情的人。我想，'白杜鹃'，她的聪明美貌足以让她获得原谅。你可以相信我的判断。我发誓，无论如何，我都不会说这个女人就是皮卡尔夫人的。"

查尔斯紧紧地握着我的手,一句话也不说。"西摩,"过了一会儿,他情真意切地说道,"我确定,我信得过你,你是一个可敬而正直的人。有时候我对你很粗暴,但我请求你的原谅。我知道,你完全明白你这个职务所担负的责任。"

我们走出了书房,比起之前的几个月,我们现在是更亲密的朋友了。事实上,我想到,一旦费格摩尔准备在我的老板面前出卖我,我希望这个愉快的小插曲兴许有助于抵消那十个点佣金暴露之后带来的负面影响。我们走进客厅,阿梅莉亚招手让我到她的房间里待一会儿。

"西摩,"她用一种非常惊慌的语气跟我说,"我知道,有时候我对你很严苛,我感到很抱歉。但是我希望你在我最痛苦为难的时候帮我一把。警方完全有权指控他们合谋,那个狡猾的小丫头,'白杜鹃',或者戴维·格兰顿夫人,或者其他什么名字,她当然应该被起诉,也该进监狱,让他们把她滑稽的头发剪得短短的,梳得直直的,但是……我肯定,你会帮我的,亲爱的西摩……我不能让他们抓走我的凯瑟琳娜。我不会假装说凯瑟琳娜无辜,这个姑娘对我是忘恩负义。她处处都在欺诈我,忽悠我,良心上却没有丝毫不安。可是,我对你,一个已婚男人说吧,你觉得哪个女人能受得了走进证人席,被她自己的女佣盘问和嘲笑吗?能受得了被一个野蛮律师拿她女佣的事情来审问和嘲笑自己吗？我向你保证，西摩，这种事想都别想。一位女士的生活细节，只有她的女佣知道，而这些细节是不能公开的。你好好想想，再跟查尔斯解释一下，让他知道，如果他坚持要逮捕凯瑟琳娜，我就会站到证人席上，誓死让他们谁都定不了罪。同样的话我已经告诉凯瑟琳娜了，我已经答应要帮她了，我说了，我是她的朋友，要是她能站在我这一边，我也会站在她那一边的，而且我也会帮她那个可恶的男朋友。"

我一眼就看出来怎么回事了。无论是查尔斯还是阿梅莉亚，他们都不想看到对克莱上校的同伙进行反复审问。毫无疑问，在阿梅莉亚这边，不过是腮红和染发剂的私密事儿，但哪个女人会公开承认化妆室里的小秘密呢，就像承认作假和杀人一样？

于是，我回到查尔斯那里，花了半个小时，竭尽所能地协调家里的这些小麻烦。最后协商的结果就是，要是查尔斯竭尽所能保护凯瑟琳娜不被抓，阿梅莉亚也愿意尽力帮助皮卡尔夫人。

我们接下来要跟警方交涉，这事儿更麻烦。

不过，就算他们有适当理由，他们觉得自己抓住了克莱上校，但是要定他的罪，得全凭查尔斯和我的指证。可是，他们越是急着要逮捕那些女同伙，查尔斯就越是坚定，他说他根本就不能确定那人是不是克莱上校。而且，他完全拒绝给出任何不利于那些女人的证据。他说，这个案子很棘手，就连对这个男人，他都远远不能确定是不是那人。要是他的想法动摇了，或者他没法指认，这个案子就算结了，陪审员没法给任何人定罪。

最后，警方让步了，他们没有别的选择。他们已经逮捕了一个重要被告，但是他们知道，一切都有赖于获得证人的证词，要是证人受到什么干扰，很有可能什么都不会说。

甚至，在弓街的预审（伴随着通常的拘押）完成之前，查尔斯就已经陷入焦虑，他甚至宁愿根本没有捉到上校。

"西摩，我真不明白，"他对我说，"我干吗不给那个混蛋一年两千英镑，让他滚到澳大利亚去，我好彻底摆脱他！把他赶走比让他在英国法庭上露面更有利于我的名声！最糟的是，好端端的人一进入证人席，最后会被作践成什么样子，那可真说不准了！"

"就你的情况，查尔斯，"我毕恭毕敬地回答，"这是肯定会受影响的；除非，有克雷格·拉奇联合企业撑腰。"

接下来就是跟警方和律师一起没完没了地准备诉讼。

查尔斯这时已经完全撒手不管了，但是很不巧，他必须起诉罪犯。

"你就不能一次结清，饶了我吗？"他对检察官开玩笑地说。

但是我在心里很清楚，这就是所谓的"嬉笑多真言"。

当然，我们现在弄明白了这个巨大的阴谋是怎么酝酿出来的了，其策划之精心堪比波恩案[1]。小费格摩尔，就是查尔斯经纪人的弟弟，从一开始就知道了查尔斯所有的事情，而且，经过一次低调的行骗之后，他设计了更深远的行动来对付我的大舅子。一切都是事先精心安排好的。他先是找了一个地方，让凯瑟琳娜成了阿梅莉亚的女佣，不用说，是通过伪造的文书办到的。通过这个女佣，这个骗子成功地获取了这家人的行事风格、生活习惯等更多的信息，而且还知道了一些事情，让他可以胸有成竹地来对付我们。

他扮成先知的第一次行动，设计得十分巧妙，让我们觉得自己不过是偶然上了一次当，而且查尔斯现在也注意到了，让皮卡尔夫人去马赛银行询问查尔斯的银行信息，就是在故意大费周章，以此麻痹我们，好掩盖这个明显的事实，即克莱上校早就全部掌握了我们那些信息。第二次，又是在凯瑟琳娜的协助下，他拿到了阿梅莉亚的钻石，收到了写给克雷格·拉奇勋爵的信件，还在立本斯坦城堡一事上愚弄了我们。无论如何，这些事情，查尔斯都决定在法庭上只字不提，任何能指向凯瑟琳娜和皮卡尔夫人的事件，他都不会对警方提起。

至于凯瑟琳娜，当然在上校被捕后就立即离家出走了，直到审判那天，我们才有了她的消息。

---

[1] 波恩案：十九世纪英国著名案子。

那个激动人心的日子来临时,我从未见过比当时的老贝利[1]更壮观的场面了。法院里里外外挤得水泄不通。查尔斯在他的律师陪同下,早早就到了。他脸色那么苍白憔悴,看上去,倒更像被告,而不是原告。法庭外站着一个漂亮的小女人,脸色苍白,神情焦虑。恭敬的人们默默注视着她。"那是谁?"查尔斯问。但是就算我俩没看到,也能猜到那就是"白杜鹃"。

"那是被告的妻子。"执勤检察官回答说,"她在等着见他进来。我真为她难过,可怜的人儿。她真是个好女人。"

"看来她是这样。"查尔斯回答道,几乎不敢直面她。

就在那一刻,她转过身来,与他四目相对。查尔斯顿了一下,显得有些踟蹰。她的目光中流露出一丝丝的乞求,再也没有过去那种无法无天的俏皮活泼。查尔斯用唇语说出几个字,没有发出一丝声音。要是我猜得没错的话,他用唇语说的是:"我会尽力帮他。"

在警察的帮助下,我们挤了进去。在法庭上,我们看到一位女士坐在那里,穿着一身肃穆的黑衣,戴着一顶得体的帽子。过了一会儿,我才知道,这就是凯瑟琳娜。"那人……是谁?"查尔斯又问了问最近的检察官,他想看看检察官会怎么描述她。

---

[1] 老贝利:中央刑事法院,位于伦敦老贝利街,因此俗称老贝利。

他得到的回答又是:"那是被告的妻子,先生。"

查尔斯吃了一惊,缩了回来。"但是……刚有人告诉我……外面那位女士是保罗·费格摩尔夫人。"他十分不解地说。

"很有可能都是,"检察官无动于衷地说,"像克莱上校这样的男人,有这么多别名,你很难指望他那么多个身份只有一个妻子,对吧?"

"啊,我明白了。"查尔斯用一种震惊的语气喃喃道,"重婚罪!"

检察官面无表情地说:"嗯,不完全是这样,应该是不定期的结婚。"

拉达曼迪斯法官先生审判此案。"太遗憾了,是他,西摩。"我的大舅子在我耳边小声说,"我真希望是爱德华·易斯爵士来审。易斯是一个更接地气的人,一个世俗中人,他会对我感同身受。他不会让这些野蛮律师来蹂躏我。他更可靠。不过拉达曼迪斯是你们这些现代法官中的一员,他有着你们所说的'一丝不苟'的优点,而且不会草率行事。我承认我有点儿怕他。案子审完后我会高兴起来的。"

"哦,你会挺过来。"我以秘书的身份说,但我并不这么认为。

法官坐了下来。被告被带上来了,所有人的眼睛似乎都在盯着他。他穿着整洁,衣着朴素,尽管他还是骗子,我得老实说,他看上去真的是个绅士呢。他依然一副桀骜不驯的样子,不像查尔斯那样畏畏缩缩。他知道自己走投无路了,却像一个男子汉一样来面对控告自己的人。

我们有两三个要起诉他的罪状,经过一番正式程序之后,查尔斯·范德瑞夫特爵士被带到了证人席上,来指证费格摩尔。

没有人为被告代言,有人给他提供了律师,但是他拒绝了他们的帮助。就连法官都建议他接受他们的帮助,但是克莱上校,正如我们所说,思想顽固,拒绝了法官的建议。

"法官大人,我自己就是一名律师。"他说,"上一次出庭大约在九年前了。我能为自己辩护。我斗胆自认比我这些博学的同僚们要优秀。"

查尔斯很顺利地通过了对证人的询问。他回答问题很迅速,并且毫不犹豫地指认了这名罪犯,说他装扮成各种角色来欺骗自己,包括理查德·佩普洛·布拉巴宗牧师、戴维·格兰顿阁下、立本斯坦爵士、施莱尔马赫教授、奎肯伯斯博士,以及其他种种角色。查尔斯对此人的身份没有半点怀疑,可以宣誓作证。就我而言,我觉得他有点太确信了,表现出一点点的犹豫会更好。至于那些不同身份的骗子角色,他那么详尽地列了出来,银行工作人员以及其他人还对他的证据进行了补充。一句话,他要让费格摩尔毫无还手之力。

然而,进入到交叉询问环节时,事态出现了不同的走向。被告一上来就质疑查尔斯爵士的指认。查尔斯真的确定他指认的人吗?他递给查尔斯一张照片。"这是不是那个理查德·佩普洛·布拉巴宗牧师?"他颇具鼓动性地问道。

查尔斯毫不犹豫地承认了这一点。

就在这时,一个小牧师不声不响地站了起来,就在法庭中间。我之前一直没有注意到他,他就坐在凯瑟琳娜旁边。

"瞧瞧那位先生!"被告说着,朝原告挥了一下手。

查尔斯转过身,看着被告指的那个人。他的脸变得更白了。这人的样子,正是理查德·佩普洛·布拉巴宗牧师!

我当然知道他的把戏了。这就是真的牧师,而外面那个克莱上校正是模仿的这个小牧师。但是陪审团动摇了,而这一刻查尔斯也动摇了。

"让陪审员看看照片。"法官下令说。陪审员逐一查看了照片,法官也仔细查看了照片。从他们的表情和态度来看,他们都认为这是他们面前这位牧师的照片,而不是被告席上那人的,此时被告正站在那儿朝狼狈的查尔斯淡淡地笑呢。

牧师坐了下来。与此同时,被告又拿出了一张照片。

"现在,你能告诉我这是谁吗?"他以他在法庭上一贯咄咄逼人的口气问查尔斯。

查尔斯显得更犹豫了,他顿了一下回答道:"这就是你在伦敦的时候扮作立本斯坦伯爵的样子。"

这是一个关键点,因为我们的律师在权限内要证明他有罪,完全有赖于立本斯坦诈骗案。

查尔斯说话时,之前我注意到坐在"白杜鹃"旁边的一位先生,用手帕捂着脸的,竟然这时也跟那个牧师一样突然站了起来。克莱上校优雅地一挥手,指着他,镇定地问:"那么这位先生呢?"

查尔斯大吃一惊。很明显,这才是假立本斯坦伯爵的真身。

陪审团再一次传阅了照片,露出狐疑的微笑。查尔斯要打退堂鼓了。他的自以为是和过度信心把他给害了。

克莱上校身体往前倾,看上去十分迷人。他开始了新一轮的盘问。"查尔斯爵士,我们已经看到,"他说,"我们完全不能相信你的指证。现在,让我们看看你的其他证据,我们还能相信多少。首先,关于那些钻石的事儿。你想从一个名为理查德·佩普洛·布拉巴宗牧师的人那里买钻石,但是你没有马上买,因为你知道,他觉得那些不是真的钻石,要是可以的话,你会给他十英镑买下来。你认为这算诚实吗?"

"我反对这种盘问。"我们的首席律师插话道,"这与原告的证据没有关系。这完全是指责。"

克莱上校一副毕恭毕敬的样子。"法官大人,"他转过身来说,"我希望让大家看看,原告是一个完全没有任何信誉的人。我想重申这句著名的法律格言——一次撒谎,终身撒谎。我相信法官大人允许我撼动证人的信誉吧。"

"被告完全有权要求。"拉达曼迪斯说着,神色严厉地看了看查尔斯,"我提议让他接受律师援助,的确不合适。"

很明显，查尔斯浑身不自在，克莱上校却精神抖擞。通过一些巧妙的提问，他一步步地让查尔斯承认了，明知那些钻石是真的，还想以人造宝石的价格买下真钻石。而且，作为一个百万富翁，还很得意从一个穷牧师身上忽悠到几千块钱。

"我可以利用我的专业知识。"查尔斯无力地嘟哝着。

"哦，当然了。"被告回答，"但是，在你装作对一对拮据的牧师夫妇充满友情和善意的同时，似乎你已经做好准备，如果你能成功的话，就能以十英镑的价格从他们手里拿下价值三千英镑的东西，不是这样吗？"

查尔斯不得不承认这一点。

被告又谈到了戴维·格兰顿一事。"你提出要跟克雷格·拉奇勋爵的公司合并。"他说，"你难道没有听说，一条金矿矿脉从你的地盘延伸到了克雷格·拉拉奇勋爵那里？而且他的金矿脉比你的大得多？"

查尔斯又扭着身子，我们的律师想插话，但是拉达曼迪斯态度强硬。查尔斯又只得承认了。

接下来，又是戈尔康达钻石股票暴跌事件。经过一番痛苦的询问，查尔斯极不情愿、非常丢脸地承认，他已经把戈尔康达钻石公司的股份卖掉了。他，这位公司的董事长，一次次对股东和其他人声明自己绝不会这么做，随后却把公司卖掉了。他这么做，是因为他觉得施莱尔马赫教授的新技术已经把钻石贬得一文不值了。他毁了公司是试图拯救自己。查尔斯硬着头皮说，生意归生意，而拉达曼迪斯尖酸地补充了一句："欺诈就是欺诈。"

"一个人必须得保护自己！"查尔斯大声喊道。

"却牺牲掉那些相信他名誉和正直的人。"法官冷冷地说。

经过了备受折磨的四个小时的审问，我体面的大舅子终于从证人席上下来了，他抹着额头，咬着嘴唇，明显是一副犯人的神情。他的人格受到了极大的打击。他站在证人席上，所有的人都觉得仿佛他才是被告，克莱上校是原告。

他自己的证据却给他定了罪，即他试图唆使那个所谓的戴维·格兰顿将父亲的股份卖掉，交到对手的手里，而且每一个见不得光的勾当，都显示了他众所周知的，敏锐的商业眼光，他的智慧在敦促着他继续冒险。对我倒霉的大舅子，我感到仅有的一点安慰就是，他对自己的缺点还有点自知的话，也许最后会变得宽容些，也许会放过一个可怜巴巴的秘书犯下的渺小错事！

我是第二个作证的人。我不想再仔细论述自己的成就。我会在结束证词之后，给这痛苦的场景蒙上一层体面的面纱。我只能说，在我指认照片的时候，我比查尔斯更加小心谨慎，可是我觉得自己在面对询问时，特别焦虑，备受折磨。尤其在提及我走错的那一步棋，那张用来支付立本斯坦城堡佣金的支票时，我浑身都在战栗。克莱上校极其礼貌地递给我那张支票，问我是否知道上面有我的签名。我最后看到了查尔斯的眼神，我敢说那个表情是一种宽慰，即他知道我也在一个小事上——购买城堡的十个点佣金上，栽了跟斗。

总之，我得承认，如果没有警方的证据，我们根本就不可能驳倒那人。但是警方那边令人钦佩，已经就诉讼做好了准备。既然他们知道了克莱上校就是真正的保罗·费格摩尔，他们就机智地证明了保罗·费格摩尔是怎么消失，又是怎么重现伦敦的，而这恰好与克莱上校以各种身份——小牧师、先知、戴维·格兰顿及其他角色的露面和消失相对应。而且，他们还通过实验表明，受审的被告，能把自己装扮成不同的样子，扮演不同的角色。借助贝德斯利博士据弓街观察资料提供的一个蜡像模型，加上根据多莉·林菲尔德的照片做出来的杜仲胶模型，他们成功地证明了，这个模型的面孔能自如地转变成梅德赫斯特和戴维·格兰顿的面容。警方的机智老练完全弥补了查尔斯的过度自信，他们成功地在陪审团前扳回了对保罗·费格摩尔的指控。

审判持续了三天。第一天过去了，用我那可敬的大舅子的话来说，他情愿再也不要出庭了，不要再对被告不利。那天晚上吃饭时，他说所有人都应该保护自己的利益——无论是秘书还是资本家本人，对于那小小的十个点的佣金，他就再也没有更多的暗示了。我觉得他是原谅我了，于是我继续勤勤恳恳地出席审判，并且从他的利益出发来关注这个案子。

被告的辩护非常精明，尽管说话有点结结巴巴。他的辩护自始至终都在试图证明，查尔斯和我弄错了，他只不过是一个弄错了身份的受害者。费格摩尔带来的那个真正的小牧师，名为塞普蒂默斯·莫宁顿，是他家的朋友，而且他也证明了，塞普蒂默斯·莫宁顿在贝克街上请摄影师拍了一张照片，就是这张照片，查尔斯过于草率地指认为他就是克莱上校扮演的理查德·布拉巴宗先生。他进一步指出，立本斯坦勋爵的照片，是尤利乌斯·凯佩尔博士的，他是一位蒂罗尔音乐大师，就住在巴勒姆，颇有名气，他请他到证人席上来，站到陪审团首席陪审员面前看看。渐渐地，他清楚地让我们了解到，除了多莉·林菲尔德出示的照片以外，其实并不存在所谓的克莱上校的照片，所以我们渐渐明白，如果说梅德赫斯特给我们提供了所谓的克莱上校扮演勋爵和牧师的照片，我们又把这些照片交给贝德斯利博士，甚至可以说博士都被误导了。总的来说，被告的辩词建立在这样一个基础上，即只有两个证人直接指认了他，而用于指认他的两张照片，通过独立的证据，结果都成了别人的照片！

法官以一种刻薄的口气做了双方都不满意的结案陈词。他要求陪审团完全抹掉之前因为他直言"查尔斯·范德瑞夫特爵士的明显不诚实"给他们带来的不好印象。他要求陪审团一定不能因为他是富翁——尤其还不可靠——就让他们的情感偏向被告一方。最富有的和最卑贱的人都应该得到保护。另外，这也是人人都知道的，流氓欺骗了流氓，也当受罚，一个杀人犯刺杀或者枪杀了另一个杀人犯，也应该被处以绞刑。社会必须要保证，即使最卑劣的小偷也不该被他人侵害。因此，已证明的事实就是，拥有百万家产的查尔斯·范德瑞夫特爵士，为了获得昂贵的钻石，试图以一种低劣的手段欺骗被告或者别的穷人；为了侵吞克雷格·拉奇勋爵的矿产资源，卑鄙地贿赂一个儿子去背叛自己的父亲；为了保住自己的钱财，暗箱操作，不惜让那些相信他为人正直的人财产流失。这些事实一定不能让陪审团对另一个事实就视而不见，即被告席上那人（如果是真的克莱上校）也是一个无耻的骗子。陪审团要注意这一点，要是他们确定被告在不同的场合下，分别扮演了戴维·格兰顿、立本斯坦伯爵、梅德赫斯特、施莱尔马赫，他们也必须判定被告有罪。

就这一点，法官也评论了警方在查案中的明显实力，也指出被告并没有在任何一个案例中给出自己的不在场证据。陪审团应该问问自己，如果他不是克莱上校，要证明自己不在场，不就是明摆着的事吗？最后，法官总结了在身份指认过程中的所有疑点和可能性，并留给陪审团做出结论。

末了,他们退庭考虑最后的裁决。他们出去之后,法庭上的每一双眼睛都盯着被告。保罗·费格摩尔自己倒是一副沉着冷静的样子,望着大厅的那一头。那里有两个面色苍白的女人坐在一起,手里拿着手帕,眼睛都哭红了。

他站在那儿等着裁决,表情僵硬,脸色苍白,他已准备好了面对最坏的结果。只有在这时,我才意识到,一个孤独的男人得有多少勇气,才能如此持久地与那些富豪、权威、欧洲的所有政府进行一场不公平的较量啊,而且,他所凭借的仅仅是自己的才能与两个柔弱的女人!只有这时,我才觉得,这么多年,他就是与面前的这些人玩了一场放肆的游戏!实在难以言说啊。

陪审员队伍缓缓地回到法庭。法庭上一片沉寂。书记员抛出一个问题:"你们判定被告是否有罪?"

"我们判定他有罪。"

"所指控的全部罪行?"

"所指控的全部罪行。"

坐在后面的两个女人一道哭了起来。

拉达曼迪斯法官用一种严厉的口吻问被告:"你还有什么主张吗,让法庭对你从宽判决?"

"没有了。"被告有点犹豫地说,"这是我自找的,不过,我已经保护了那些我最亲近和最心爱的人。我为自己努力奋斗过。我认罪，并接受惩罚。我只是遗憾，既然我们俩都是骗子——我自己和原告——小骗子站在被告席上，大骗子却在证人席上。我们的国家根据个人的功绩来进行表彰——对他，授以圣乔治大十字勋章，对我，则是一件囚服！"

法官严厉地注视着他。"保罗·费格摩尔，"他以一种嘲讽的口吻说道，"你选择了诈骗这一行，要是一开始进入合法的渠道，毫无疑问这足以让你无须努力，就可温饱——运气好的话，甚至有可能积攒下一笔相当的资产。你选择过一种目无法纪的罪恶生活，我不否认，你似乎对这很满足。不过，我是社会的代言人，社会再不允许你的肆意嘲讽。你已被裁定公然违法。"接着，他用自己在最严峻时刻常用的傲慢口气淡淡说道，"我判决，对你实行十四年监禁和苦役。"

被告鞠了一躬，表面上依然沉着冷静。但是他的目光挪开，望着远远的大厅那一头，那里，两个哭泣的女人突然尖叫一声，然后扑倒在彼此身上，工作人员费了很大劲才把她们扶出现场。

我们离开法庭之后，我听到周围只有一种声音，还是一个小男孩说出来的："我更乐意看到老范德瑞夫特进监狱。克莱这家伙太聪明了，被关在监狱里就是在浪费生命！"

不管怎么样，他还是去了那里——在那个"凉爽而幽静的生命之谷"

里恢复平静，不过我自己对此有点遗憾。

我想再讲一个最后的小插曲。

一切尘埃落定后，查尔斯奔往戛纳，远离伦敦各界粗鲁的指指点点。阿梅莉亚、伊莎贝尔，还有我都一起去了。一天下午，我们驾车行驶在城外的山路上，在桃金娘和乳香树灌丛中，我们忽然看到前面有一辆别致的四轮马车，里面坐着两位悲痛至极的女士。无意间，我们跟着马车一直走到了里鹏庄园——那里的大松树面对着安提比斯海湾。两位女士在这里下了马车，坐在一个土墩上，忧伤地凝望着大海和海上岛屿。很明显，她们在为谁服丧。她们脸色苍白，眼睛充血。"可怜的人儿！"阿梅莉亚说。突然，她的口气就变了。

"天哪，"她大声说，"那可不就是凯瑟琳娜！"

正是这样，她旁边就是"白杜鹃"！

查尔斯下车走近她们。"抱歉。"他说着，举起帽子，又对皮卡尔夫人说道，"我想，遇见你是我的荣幸。自从上次我为你的马车付钱之后，我可否请问，你现在穿这身丧服是为了谁？"

"白杜鹃"抽泣着退到一边，不过凯瑟琳娜转过来对着他，一双眼睛哭得红肿，依然带着女性的魅力。"为了他！"她回答，"为了保罗！为了我们的骑士！你把他送进了监狱！只要他在监狱里，我们就决定一直穿着丧服！"

查尔斯又举起帽子,一句话也没说就往回走了。他向阿梅莉亚挥了挥手,然后和我一起步行走回戛纳。他似乎非常沮丧。

"嘿,在瞎想什么呢?"最后,我大声说,用打趣的口吻,想让他振作起来。

他转过来,叹了一口气。"我在想,"他答道,"要是我进了监狱,阿梅莉亚和伊莎贝尔也会为了我这样做吗?"

对我来说,我压根就不去想这些。我心里很有数。对于查尔斯,你得承认,尽管他是两个坏蛋中的大坏蛋,但他绝不是那种能让女人一往情深的坏人。

图书在版编目（CIP）数据

非洲富豪奇案 /（加）格兰特·艾伦著；王巧俐译
. -- 上海：上海文艺出版社，2020（2021.7重印）
(域外故事会侦探小说系列. 第一辑)
ISBN 978-7-5321-7338-9

Ⅰ. ①非… Ⅱ. ①格… ②王… Ⅲ. ①侦探小说－小说集－加拿大－现代 Ⅳ. ①I711.45

中国版本图书馆CIP数据核字(2019)第176282号

非洲富豪奇案

著　　者：[加] 格兰特·艾伦
译　　者：王巧俐
责任编辑：蔡美凤　吴　艳
装帧设计：周艳梅
责任督印：张　凯

出　　版：上海文艺出版社
出　　品：上海故事会文化传媒有限公司
　　　　　(200020　上海市绍兴路74号　www.storychina.cn)
发　　行：上海文艺出版社发行中心
　　　　　(上海市绍兴路50号)
印　　刷：上海中华印刷有限公司
开　　本：889毫米×1194毫米　1/32　印张8.25
版　　次：2021年2月第1版　2021年7月第2次印刷
ISBN：ISBN 978-7-5321-7338-9/I·5834
定　　价：35.00元

版权所有·不准翻印

上海故事会文化传媒有限公司　出品（00997）　www.storychina.cn

想看更多精彩故事？
扫码下载故事会APP

上海故事会文化传媒有限公司所有图书可办理邮购,免收邮费(挂号除外)
汇款地址：上海市绍兴路74号(200020)　收款人：上海故事会文化传媒有限公司出版发行部
联系电话：021-64338113
如发现本书有质量问题,请与印刷厂质量科联系 T:021-60829062